달빛 조각사

달빛 조각사 44

2014년 7월 25일 초판 1쇄 인쇄
2014년 7월 30일 초판 1쇄 발행

지은이 남희성
발행인 이종주

기획 팀 이주현 이재범 이기헌
책임 편집 이세종

발행처 (주)로크미디어
출판등록 2003년 3월 24일
주소 서울시 용산구 원효로97길 46 5층
Tel (02)3273-5135 **Fax** (02)3273-5134
홈페이지 rokmedia.com **E-mail** rokmedia@empas.com

값 8,000원

ISBN 979-11-255-6286-3 (44권)
ISBN 978-89-5857-902-1 04810 (세트)

달빛 조각사 44

남희성 게임 판타지 소설

ROK MEDIA
로크미디어

차례

The Legendary Moonlight Sculptor

깨어난 전쟁의 신

위드는 헤르메스 길드의 유저들이 사냥하고 있는 던전에 들어섰다.

"세상이 올바르지 못하니까 언젠가는 정의가 바로 설 것이라고 믿어 봤자 끝없이 뒤통수만 맞을 뿐이야."

사회가 그렇다면 손해를 보면서까지 꿋꿋하고 소신 있게 살아갈 마음은 없었다.

"바하모르그, 모두 다 쓸어버려라!"

"우어!"

"금인이는 하이 엘프 엘틴과 같이 화살을 쏴라. 기사 세빌, 전사 빈덱스, 게르니카는 바하모르그를 따라서 중앙 돌파! 말할 것도 없이 속전속결이다."

하벤 제국의 방대한 땅, 헤르메스 길드 유저들이 많은 장소를 찾아왔다.

영양가 많고 신선한 먹잇감들이 퍼덕이는 유명한 던전들이 널리고 널려 있었다.

"위, 위드다!"

"조각 검술!"

철혈의 워리어 바하모르그와 조각 생명체들을 앞세운 돌파!

대놓고 정체를 드러낸 위드의 손에서 데몬 소드가 현란하게 움직이면서 헤르메스 길드 유저들을 베었다.

"누렁이는 전리품을 줍도록 해라. 네 임무가 제일 중요해!"

"음머어어어!"

위드와 조각 생명체가 등장하면 인근의 헤르메스 길드 유저들에게는 비상이 걸렸다. 현상금 사냥꾼들도 불나방처럼 몰려들었다.

그렇지만 이미 확실한 퇴로를 확보하고 주변 지역에 대한 정찰도 마쳐 놓았기 때문에 그들이 오기 전에 일은 끝났다.

평소의 전광석화와 같은 사냥 속도를 전투에서도 유감없이 활용했다.

포르모스 성 인근뿐만 아니라 중앙 대륙 전역에서 출몰하는 위드.

그가 나타날 때마다 그 지역에서는 난장판이 벌어졌다.

지역 전체가 벌집을 들쑤셔 놓은 듯하며 헤르메스 길드 유저들, 현상금을 노린 강자들이 달려왔다.

그들이 도착하기 전에 충분히 목표물들을 해치우고 떠나야 했다.

위험도야 이루 말할 수 없었지만 소득이 정말 짭짤했다.

"난이도 높은 던전이나 사냥터만 찾아다닐 게 아니라 헤르메스 길드 유저들을 해치우기 좋은 장소들 위주로 알아봐야겠군. 그리고 양보다 질이니까… 가끔씩은 강한 녀석들을 잡아먹어야 되겠어."

라벤타 성의 기사단장 빌스도 만났다.

그는 레벨이 485에 달하는 헤르메스 길드의 기사 유저였다.

중앙 대륙에서 벌어졌던 숱한 전쟁에서 놀라운 전공을 세운 유명한 유저.

부유한 영토를 다스리는 영주로서 그의 기사단은 최상의 장비들로 무장하고 있었다.

"언젠가 나타날 줄 알고 기다렸다. 어서 오너라, 아르펜 왕국의 국왕 위드여."

"던전 입장료를 이렇게나 받아먹다니. 이 양심도 없고 자기 욕심밖에 모르는 놈들!"

"입이 험하구나. 비록 우리가 적대하고는 있지만 상대에 대한 예의도 없느냐!"

"무슨 소리야. 부러워서 칭찬하고 있는 건데!"

빌스의 기사단은 함정에 빠진 채로 허우적거리다가 바하모르그와 서윤, 기사 세빌, 여전사 게르니카, 하이 엘프 엘틴, 은새와 백호에 의해 격파되었다.

"말이 길어졌군. 기사는 검으로 말하는 법. 기사 빌스, 위드 그대에게 대결을 청한다."

—명예로운 승부에 응하시겠습니까?
라벤타 성의 기사단장 빌스와의 대결에서 승리하면 상대가 가지고 있는 명성의 일부와 명예 스텟을 전리품으로 얻을 수 있습니다.
승부를 거절한다면 명예와 카리스마가 감소합니다.

"이 대결을 왜 받아 줘야 하지? 인건비도 안 나오는데……."

"기사단이 전멸한 상황이니만큼 나에게 불리한 것은 알고 있다. 불꽃 소멸의 장갑을 걸겠다."

"덤벼 봐. 뭐, 그래 봐야 죽겠지만."

위드와 빌스는 넓은 공터에서 대결을 벌였다.

"으아합, 집중 반격!"

빌스가 방패를 앞세우고 덤벼들어 왔다.

기사의 튼튼한 방어력을 내세우며 밀어붙여서 대결에서 우위를 점하려는 기본적인 싸움 방식.

전쟁에서 기사들은 탁월한 방어력 때문에라도 일반 병사들은 상대도 되지 않게 해치워 버린다. 빌스는 상대를 궁지에 몰고 나면 연속 공격을 하여 승리를 거둘 생각이었다.

위드는 감탄했다.

'이런 단순한 공격을 하다니… 분명히 세상을 정직하게 살아온 것이 틀림없어! 아마 어릴 때에는 집하고 학교밖에 모르는 모범생이었겠지.'

지금은 무시당하고 있지만 사실 빌스는 엄청난 대결들을 승리로 이끈, 전적이 화려한 기사였다.

스텟과 전투 스킬, 레벨.

세 부분에 있어서 균형 있는 성장을 한 실질적인 강자.

기초 수련관은 물론이고 초급, 중급 수련관마저도 격파했다고 알려졌다.

헤르메스 길드에서도 상위권에 속하는 유저들은 확실히 제대로 된 성장법을 추구했다. 강함을 추구하기에 사냥터에서 보내는 끈기 역시 남달랐다.

'의도를 뻔히 보여 주는 정직한 공격은 바보가 아닌 이상 당해 주지 않지. 그리고 함정에 빠뜨리기에도 좋고 말이야.'

아무리 육체가 좋더라도 그 사람이 무적인 것은 아니다.

권투나 유도 같은 격투기를 보면 두 사람의 육체적인 능력은 비슷하더라도 기술과 정신력에 따라서 승부가 달라지게 된다.

"분검술!"

위드의 분신이 20개나 나타났다.

검술의 비기답게 검을 들고 현란하게 움직이는 분신들.

"진실의 부름!"

빌스도 스킬로 대응했다.

그가 검과 방패를 부딪치니 큰 종소리가 나면서 분신 중에서 12개가 소멸했다.

검술의 비기인 분검술이 파괴된 것은 아니지만 스킬의 효과가 절반 이하로 감소했다.

"날 만날 때를 대비했군."

"그렇다. 너의 수법은 통하지 않는다. 으아아아!"

분신들에 의한 공격을 피하고, 빌스는 검과 방패를 휘두르며 돌격해 왔다.

조각 파괴술로 모든 예술 스텟을 힘으로 몰아넣은 위드에게는 오랫동안 버틴다는 게 불가능했다.

상대방의 생명력은 낮다는 게 이미 헤르메스 길드의 관찰로 드러냈다. 자신의 방어력을 믿고 조금의 여유도 주지 않고 마구 몰아치면서 승리를 거둘 작정이었다.

'애들 싸움도 아니고…….'

위드는 검치나 사범들을 통해서 산전수전을 다 겪어 봤다.

이렇게 저돌적으로 싸우는 이들은 전투가 원하는 대로 되었을 때에는 최고의 전력을 발휘할 수 있을 것이다. 그러나 위드 같은 백전노장에 뛰어난 전투 감각과 과감한 결단력, 꼼수의 달인에게는 통하지 않을 방법이다.

전투에는 정교함이 중요하다.

작은 부실함도 그보다 뛰어난 관찰력과 약점을 공략할 수 있는 상대라면 크게 이용해 먹을 수 있다.

위드는 일찍부터 로열 로드의 체제를 공부하면서 직접 판단하고 움직이는 점에 주목했다.

검술을 실제로 익힌 것도, 정신적인 부분의 성장과 감각을 가다듬기 위해서였다.

스탯과 스킬, 레벨만이 아닌 눈에 보이지 않는 부분에서까지의 강함마저도 추구한다.

일반 유저들도 하기 힘든 노력의 결실이 있었기에 실력을 발휘할 수 있었던 것이다.

위드는 검으로 다섯 번의 연속 공격을 했다.

시작은 너무나도 평범한 찌르기와 베기의 연환 공격.

빌스는 몸을 향해 찌르는 공격을 방패로 막아 내려다가 검으로 막으면 상대방의 자세를 무너뜨리는 기회가 생길지도 몰라서 좋겠다는 판단을 내렸다.

'작은 피해라도 입힐 수 있다. 전투의 주도권을 가져온다.'

빌스는 그 유혹에 넘어갔다.

찌르기 다음으로 이어지는 베기를 쳐 내기 위하여 몸의 중심을 바꾸며 자연스럽게 앞으로 한 발자국을 움직였다.

보통은 베기를 막아 내면 상대의 허점이 열리기 때문이었다.

좌에서 우로 베는 공격을 성공적으로 막아 냈더니 이것은 적당한 힘만 실려 있었다.

그때부터 위드의 검이 세 번 정도 더 날아왔다.

위드의 공격은 정교하게 조절된 힘과 각, 속도를 가지고 있었다.

빌스가 경험이 적었거나 많았다면 순간적인 호기나 감정에 이끌려서 연속 공격을 무시하고 맞받아치고 말았을 것이다.

그러나 잠깐의 순간 동안 계산을 했다.

자신의 반격보다도 위드의 계산된 공격이 더 강할 것이라는 판단과 점점 드러나는 빈틈을 기대하며 공격들을 막아냈다.

'어라.'

빌스의 손이 가벼워졌다.

그의 손아귀에서 검이 회전하며 빠져나와서 멀리 날아가 버리고 만 것이다.

"검 뺏기 스킬?"

기사에게 검이 없으면 전투력을 삼분의 일도 발휘하지 못한다.

빌스는 짧은 순간 체념하고 죽음을 받아들였다.

검술의 비기이리라.

이런 궁극의 스킬에 목숨을 잃는다면 충분히 납득할 수 있었다.

위드는 생존을 포기한 빌스를 조금의 망설임도 없이 공격했다.

—명예로운 승부에서 승리하셨습니다.
라벤타 성의 기사단장 빌스와의 대결에서 이겼습니다!
명예와 기품을 2씩 획득합니다.
명성이 4,680 증가합니다.

"가끔씩 제대로 싸울 줄 모르는 애들도 있단 말이야."

검술 자체에 대한 기본기.

미세한 힘 조절과 스킬을 이용하다 보면 현실에서조차 불가능한 검술 방식을 활용하는 게 가능했다.

가히 초고수 영역에서나 쓸 수 있는 정교한 컨트롤!

방송국에서 중계를 하면서도 가끔씩 놀라는 위드의 신기에 달한 전투 능력이었지만, 그 근본은 쪼잔함에 있었다.

로열 로드를 막 시작하고 나서 맷집 스텟을 높이려고 딱 죽기 직전까지 맞아 왔으며, 때때로는 붕대값을 아끼기 위해서 적을 사력을 다해서 물리쳤다.

온갖 노가다를 하면서도 끊임없이 개선 방법을 찾는다.

그 집중력과 싸울 때의 자세 때문에라도, 위드는 어떤 적을 만나더라도 전투 기술에서 밀리는 일은 없었다.

—충혼의 오크론 기사 장갑을 획득하셨습니다.

"이번에도 수확이 확실하군. 아쉽게도 무기를 떨어뜨리지는 않았지만……."

위드는 서윤을 통해 베르사 대륙의 정보를 입수했다.

아예 작정하고 빌스와 기사단이 사냥을 떠난 던전으로 쳐들어갔던 것이다.

경험치와 전리품을 획득하기 위한 침략!

헤르메스 길드는 위드에게 현상금을 자그마치 7천만 골드나 걸었다. 더불어 영주의 자리도 주기로 했으니 일반 유저들조차 그 보상을 노리고 덤벼들었다.

평범한 그들까지 상대하다 보니 어찌할 수 없이 살인자 상태가 되었고 악명도 쌓였다.

살인자 상태를 해소하기 위해서라도 헤르메스 길드의 유저들을 집중하여 처리할 필요가 있었던 것이다.

서윤이 게시판과 다크 게이머 연합의 정보 글 등을 보고 시간대를 정리했다.

"오전 1시에는 체크람 던전을 찾아가고, 오전 2시 30분까지는 바람의 계곡 쪽으로 가는 게 좋을 것 같아요."

"그쪽은 왜?"

"하벤 제국의 세금 운송대가 지나간다는 정보가 있어요. 역공작도 의심해 봤지만, 신뢰도가 대단히 높아요."

"무조건 가자!"

신출귀몰하게 출몰하여 헤르메스 길드 유저들을 빼먹는

위드!

그렇지만 어디에서 나타나든 헤르메스 길드와 현상금 사냥꾼들의 대응 속도도 빨라졌다.

그들은 항상 강자의 입장으로 살아왔다. 무방비 상태로 계속 당하고만 있을 수는 없는 일이다.

'이 던전은 상당히 유명하니 충분히 위드가 나타날 수 있겠군.'

'찾아오기만 해 봐라. 독을 뿌린 후에 약화시키고 나서 함정으로 연결한 후에 나와 친분이 있는 지원군을 끌고 오면 된다.'

위드와 싸울 때의 방법들을 한두 가지씩은 다들 염두에 두었다. 또한 절친한 몇 명과 수시로 정보 교환을 하면서 위드의 등장에 대비를 하기로 했다.

중앙 대륙의 영토 면적만 하더라도 개인이 모든 곳을 다 가 볼 수는 없을 정도로 어마어마하다.

위드가 자신이 있는 장소에 꼭 나타나리란 법은 없지만 반드시 대비책을 하나씩은 세우고 있었다.

주요 영주들도 자신의 영토에 위드가 출현할 때를 대비하여 항상 출동할 수 있도록 정예 군대를 대기시켰다.

막대한 현상금이 걸려서 일반 유저들에게도 위드가 탐나는 먹잇감이 되었지만, 영주들의 입장에서는 제국에서 최고의 공적을 세울 수 있는 기회였던 것이다.

중앙 대륙의 모든 하이에나들이 위드를 노리고 있는 상황!

위드를 돕고 싶어 하는 유저들, 그리고 마음으로나마 응원하는 유저들도 있었지만 그들의 힘은 미약했다.

-위드를 돕는 자들에게는 결코 해제되지 않는 무기한의 척살령을 내리겠다. 아울러 도시 내에 주택이나 상점이 있다면 폐쇄하고 소유한 재산에 대한 파괴 조치를 실행할 것이다.

헤르메스 길드가 공표한 보복이 두려워서라도 일반 유저들은 감히 나서지 못했다.

반란군 활동과는 또 다르게 위드를 돕는 행위 자체가 헤르메스 길드의 제일 표적이 되어 버리는 것이었다.

중앙 대륙에서 설 자리가 갈수록 줄어들고 있었지만, 위드는 당연하게 생각했다.

"이 정도는 되어야 할 만하지. 개인의 소소한 힘으로 단체를 건드리려면 이런 반응이 나오는 것은 당연해."

마법의 대륙에서 큰 세력을 가진 명문 길드들을 상대하면서 뼈저리게 깨달았다.

약자들을 갈취해서 성장한 무리는 다른 이들의 공격에 대해서도 예민하게 반응한다.

"던전이나 마굴 습격으로 이득은 상당히 보았으니 다음 단계로 넘어가야 되겠군!"

지금까지 효과를 제법 봤다고 해서 같은 방법을 계속 쓰다가는 제대로 한번 걸리게 된다.

헤르메스 길드에 대한 습격도 강약을 조절해 가면서 다음 단계로 넘어가야 했다.

물론 지금은 더 강하게 때릴 때였다.

"빌어먹을. 젠장. 망할 놈!"

포르모스 성의 영주 데커드는 모든 것이 마음에 들지 않았다.

"하필이면 그놈이 왜 내 땅에 나타난 것이야."

골드마인 던전, 아타로그 마굴.

헤르메스 길드를 깜짝 놀라게 한 두 곳이 그의 소유였다.

방송국들까지 경쟁적으로 취재를 나서면서 지역이 유명해지긴 했지만 영주의 마음은 괴로웠다.

'이걸로 사람들이 날 무능력하게 봐서는 안 되는데.'

포르모스 성은 하벤 제국 전체를 통틀어서도 노른자위 땅이었다.

던전에서 입장료로 거두는 수입만 해도 매달 수천만 골드.

주민들이 납부하는 세금, 상인들의 교역세, 포르모스 성에서 소유한 광산과 농장에서 얻는 수입 역시 엄청나다.

이렇게 터무니없을 정도로 많은 이익을 거둘 수 있는 이유는 인근에 훌륭한 던전들이 많이 있기 때문이었다.

하이네프 산악 지역도 개발되었고, 그 자금을 바탕으로 도시 개발에 전념하여 성내에 있는 생산 시설들의 숫자도 많았다.

데커드는 톨렌 왕국 시절에는 흑사자 길드의 핵심 인원 중 1명이었지만 대세가 기운 것을 깨닫자마자 등을 돌렸다.

헤르메스 길드로 세력을 갈아탄 그는 톨렌 왕국이 하벤 제국 소속이 된 이후로도 영토를 지킬 수 있었다.

데커드는 포르모스 성을 확고한 기반으로 한 대영주.

여전히 후회 없는 성공적인 삶을 살고 있었는데 위드의 등장은 고춧가루나 다름없었다.

"헤르메스 길드의 수뇌부에서 이걸 기회로 날 문책하진 않겠지? 사냥이 끝난 사냥개는 필요하지 않으니까 말이지. 포르모스 성은 내 것이다. 그 누구도 빼앗을 수 없어."

데커드는 혼자 고민에 잠겨 있었다.

"확 반란군에 지원금이라도 보내 봐? 하벤 제국이 더 흔들리게 되면 아쉬워서라도 나에게까지 신경을 쓰지 못할 테니. 나중에 하벤 제국이 무너지고 나서도 언제든 내게 유리한 방향으로 선택을 할 수 있고 말이야."

그러나 하벤 제국의 군사력이 건재한 이상 아직은 이른 판단 같았다.

"그렇다면 반란군을 퇴치해 버려야겠다."

헤르메스 길드에 힘을 과시하기 위해 포르모스 성의 병력을 대거 이끌고 나가서 인근 반란군을 몽땅 소탕해 버리기로 결정했다.

포르모스 성에 쏠린 세간의 관심은 아직 사라지지 않았다.

반란군을 쓸어버리면서 힘을 과시한다면 그의 지위는 더욱 확고해질 것이라 생각했다.

용병 2만,

포르모스 성의 정예 병력 2만.

데커드는 인근 요새와 하이네프 산악 지역의 성채에 있는 병력 6만까지 이끌고 출정했다.

일개 영주로서 동원할 수 있는 군사력으로는 제법 많았는데, 그만한 수입을 보유하고 있기 때문에 유지가 가능했다.

포르모스 성에는 불과 1만의 병력이 남아 있을 뿐이었지만 석궁병을 기반으로 한 최고의 정예였다. 더불어 헤르메스 길드와 베덴 길드의 유저들이 상당수 머무르고 있었다.

감히 반란군이 덤벼 오더라도 성벽을 기반으로 농성을 하면 회군을 할 때까지는 버티고도 남을 정도라서 마음 놓고 출정을 나갔다.

"반란군은?"

"외곽 마을들을 장악하고 있던 반란군이 물러나고 있다는 소식이 들어왔습니다."

"가자. 도망치는 놈들을 단숨에 쓸어버리자!"

데커드의 군대는 반란군이 차지한 포르모스 성 바깥의 마을들을 전투를 치러서 점령했다.

마을들을 정복하고 군대를 일부 남겨 놓으면 주인이 없는 지역은 포르모스 성의 통치를 받게 된다.

-소금우물 마을의 반란군을 몰살시켰습니다.

반란군에 속해 있는 어린아이들과 노인들까지 예외를 두지 않은 잔인한 행위입니다.

영주와 그의 군대의 악명이 26 높아집니다.
영주로서 카리스마가 1 증가합니다.
인근 지역의 치안이 26만큼 회복됩니다.

하루 만에 열일곱 군데의 반란군을 평정한 데커드!

"지휘관의 재미가 이런 거란 말이지."

데커드는 오랜만에 대군을 이끌고 치르는 전쟁이 재밌었다.

흑사자 길드가 톨렌 왕국에서 자리를 잡을 당시에, 그리고 그들에게 등을 돌릴 때에도 커다란 규모의 전투를 치른 경험이 있다.

영주인 그가 움직이자 헤르메스 길드 유저들이 용병으로

몇백 명이나 따라나섰으니 무서울 게 없었다.

간단한 반란군 퇴치에 이렇게까지 따라올 필요는 없었지만 위드가 나타났다는 소식에 포르모스 성에는 평소보다 유저가 훨씬 많았던 것이다.

데커드는 자신의 부관을 보았다.

NPC 중에서 임명한 부관이었지만 영토 내의 일에 대한 보고를 받아서 기억하고 부하들을 다루는 능력이 탁월했다.

영주들이 도시 내의 모든 행정을 관리하기 힘들었으니 유능한 부관을 다수 보유하는 것도 능력이었다.

"포르모스 성의 상태는?"

"잠잠합니다. 주요 관문들에도 병력 이동은 전혀 보고되지 않았습니다."

"반란군 따위야 진작 소탕해 버릴 걸 그랬군. 하루 정도만 더 진압하고 돌아가자."

반란군 중 큰 무리는 몇만 단위의 세를 자랑하지만, 기대와는 달리 데커드가 상대한 반란군 세력은 모두 소규모였다. 그래도 영토의 치안을 상당히 회복시켜서 기분은 좋았다.

"하이네프 산악 지역의 광산 마을에서 반란군이 출현했다는 보고입니다."

"규모는?"

"3개 마을, 3천여 명 정도입니다."

"병력을 4만 명만 보내서 토벌을 하도록 해. 산악 지역으로 도망치면 산적이 되어 두고두고 귀찮을 수 있으니 확실하게 섬멸하도록."

"알겠습니다."

4만 명의 산악병이 하이네프 산악 지역으로 이동했다.

그리고 그날 오후 무렵이었다.

슬슬 회군을 염두에 두고 있을 때 긴급한 보고가 들어왔다.

"하이네프 산악 지역으로 보낸 병력이 평원에서 전투에 들어갔습니다."

"뭐라고?"

"반란군 6만 명이 나타나서 포위하고 공격을 진행 중입니다."

데커드는 잠시 생각했다.

'산악병은 개개인이 정예 병력인데. 내가 많은 돈을 들여서 양성한 특수병이지. 평지에서의 전투는 약하더라도 반란군 따위에게 지진 않는다.'

상대가 정규군이 아닌 이상 더 많은 병력과 싸우더라도 질리가 없었다.

"그렇더라도 아군의 피해를 조금이라도 더 줄여야겠지. 반란군도 완전히 토벌할 겸, 전군 전투 지역으로 이동한다."

"훌륭하신 결단입니다."

데커드는 군대를 이끌고 산악병을 구하기 위해 진군했다.

고작해야 1시간 거리.

그런데 그들이 막상 도착했을 때 본 것은 반란군에 의해서 전멸 상태에 이른 산악병이었다.

위드는 톨렌 왕국에서 활동하는 반란군을 만났다.

"내가 너희를 지휘해 볼까 하는데… 뭐, 아마 안 되겠지?"

"북쪽 대륙의 지배자이시며 현명하고 인자한 국왕 폐하께서 우리를 다스려 주시겠다니 큰 영광입니다."

"그런데 병력이 부족해 보이는데."

"제국군의 감시를 피해 몇몇 곳에 흩어져 있습니다. 그러나 폐하께서 이끌어 주시면 뜻을 함께하는 형제들이 더 많아질 것입니다."

"좋다, 내가 너희를 다스려 주지."

띠링!

–반란군의 수장이 되었습니다.

위드는 반란군을 재편했다.

전직 군인이나 용병, 사냥꾼 출신으로 제대로 전투를 치를 수 있는 부대, 체력은 있는 부대, 그리고 일반인들.

반란군은 방패와 철검을 가진 이도 드물 정도로 오합지졸이었다.

병력의 숫자는 5,500명.

'훈련으로는 끝이 없겠군.'

위드는 부하들의 생존율을 굉장히 중요하게 여겼다.

건전지도 오래가는 게 좋은 것처럼, 부하들도 당연히 오래 굴릴수록 쓸모가 많아지는 것이다.

'죽을 놈은 죽고 살 놈은 살겠지.'

위드는 포르모스 성 근처의 중소 마을들을 반란군의 수중에 넣었다. 마을 내부에서 호응해 주는 주민들과 함께 하벤 제국의 수비군을 물리쳤다.

직접 전투에 나서지 않더라도 그가 있는 것만으로도 지휘 능력 덕분에 반란군의 전투 능력이 훨씬 높아졌다.

어느새 반란군은 6만 명으로 늘어나게 되었다.

"하벤 제국에 맞서는 일에 함께하도록 해 주십시오."

"명성은 익히 들어 왔습니다. 부디 저희도 이끌어 주시기를."

다른 반란군 세력들이 합류를 해 온 것이다.

이 반란군을 거느리고 어떻게 할까 고민할 무렵, 위드는 포르모스 성의 병력이 출진했다는 소식을 듣게 되었다.

"정예 병력 10만 명이라. 그냥 싸워서는 승산이 조금도 없겠군. 병력을 나누게 만들면 해답이 있을지도."

마을마다 토벌을 막기 위한 최소한의 수비 병력만을 남겨 놓았다.

전투가 벌어지기야 하겠지만 정말 소소할 정도로 작은 싸움일 뿐이다. 포르모스 성의 영주 데커드는 마을을 정복하더라도 만족은커녕 아쉬움만 느끼게 되리라.

그리고 산악 지역에서의 반란군 봉기!

일부러 규모가 작은 수준으로, 전군이 이동할 필요는 없이 일부 병력만 보내도록 유도했다.

반란이 일어난 마을은 하이네프 산악 지역에서도 깊고 험준한 장소이고 공적을 세우기에도 마땅치 않았다. 그렇게 헤르메스 길드 유저들도 굳이 따라오지 않도록 유도하고 나서, 반란군을 전부 동원하여 산악병들을 포위했다.

"놈들을 제거하라!"

위드의 사자후!

반란군의 전력은 약소하였지만, 조각 생명체들을 대대적으로 동원하여 산악병들을 제거했다.

그럼에도 반란군은 전열도 유지하지 못하고 자꾸만 퇴각했다. 그야말로 오합지졸의 결정판이었다.

그때 위드는 아껴 두었던 비장의 장비들을 꺼냈다.

불사의 군단을 이끌었던 최악의 네크로맨서 바르칸의 풀세트!

곧바로 조각 변신술을 써서 리치로 몸을 바꾼 이후에 바르칸의 해골에서부터 마법 책, 부츠, 망토, 로브, 반지, 목걸이까지 전부 착용했다.

-네크로맨서의 마력이 267% 높아집니다.

-리치의 특성에 따라 다른 스텟들이 감소하는 대신에 지혜와 지식의 비중이 높아집니다.
생명력은 마법력에 따라 강해집니다.
생명력 흡수, 마나 흡수를 사용할 수 있습니다.

"쿠흐흐흐흐."

위드의 입가에 괴소가 흘렀다.

"약한 반란군보다는 차라리 언데드가 낫지. 너희가 살아서 움직이던 땅으로 돌아오라. 이곳은 어두운 곳, 검고 부패한 땅. 영영 사라지지 않을 암흑의 율법을 모든 이들에게 새길 수 있도록 하라. 언데드 라이즈!"

언데드들을 일으키는 마법!

죽은 자들이 되살아났다.

반란군의 시체와 하벤 제국군 산악병의 시체들이 듀라한과 데스 나이트로 변해서 일어났다.

위드의 마력은 높았지만 죽은 이들이 대부분 허약한 반란군이다 보니 재료의 질이 나빠서 어쩔 수 없었다.

그럼에도 한꺼번에 1,000 정도의 언데드들이 소환되었다.

"콜 데스 나이트 반 호크!"

"나를 불렀는가."

"얘들 데리고 싸워라."

"나는 암흑 군단의 총사령관이었으며, 깊은 심연과 절망 속에서 태어난 어비스 나이트였다."

"근데?"

"이것들은 아직 머리에 흙도 다 안 떨어진 아이들이다. 갈비뼈도 제대로 썩지 않았다."

반 호크의 항명!

보통 이런 경우에 위드는 바로 매를 들곤 했지만, 이번에는 좋게 말로 설득하기로 했다.

"맞을래?"

"……."

"네가 오늘 하루 날 잡고 제대로 맞고 싶었지? 아니다, 1년 정도 쭉 맞아야 정신을 차리게 될 것 같아."

"암흑 군단이라고 부르기에는 미흡하지만 최선을 다하겠다."

반 호크가 해골을 공손히 아래로 숙였다.

바르칸의 풀 세트를 착용하고 있는 위드의 카리스마에는 반 호크도 저항할 수 없는 것이다.

"빛에 의해 흩어지지 않는 칙칙한 어둠이여, 이곳에 내려와 죽음을 일깨우는 자들에게 깃들라. 데스 오라!"

위드는 해골 지팡이로 땅을 찍었다.

바르칸의 3대 마법 중의 하나로, 언데드를 강화할 수 있는 데스 오라!

지진이라도 일어난 것처럼 대지가 흔들리고 땅에 균열이 쭉쭉 벌어졌다.

땅속에서부터 유황 연기와 함께 순수한 어둠이 솟구쳐서 언데드들의 몸을 휘감았다.

평범한 듀라한들도 눈빛이 광폭하게 바뀌었으며, 뼈마디는 훨씬 굵고 단단해졌다.

데스 나이트들은 말할 것도 없었다. 착용하고 있던 검과 갑옷까지도 바뀌었다.

-데스 오라가 발동되었습니다.

언데드들이 잃어버렸던 지성을 약간 회복합니다.
모든 공격에 대해 조금 더 견뎌 냅니다.
생명과 피에 대한 갈구가 더욱 심해져서 파괴력을 높일 것입니다.

마나가 34,983 소모되었습니다.

마나 소모는 충분히 감당할 수 있는 수준.

"가라. 모두 휩쓸어 버려라!"

"쿠겔겔겔."

"심장을 잘근잘근 씹어 주겠다."

반 호크의 지휘 아래에 언데드 군단이 산악병과 전투를 치렀다.

위드에게 항상 무시당하는 데스 나이트 반 호크.

그의 가치는 스스로의 무력보다는 언데드들에 대한 통제

력과 지휘 능력에 있었다.

반 호크가 이끄는 데스 나이트로 이루어진 암흑 기사단은 순식간에 결속을 마치고 적진을 관통한다.

산악병들은 평지에서 일반 보병들보다 뛰어나며, 숲과 산에서는 최적화된 병력이다. 그러나 중장갑보병이 아닌 이상 생명력을 갈취하는 암흑 기사단의 돌파와 유린을 막기란 불가능했다.

-언데드들의 활약으로 생명력과 마나를 8,391만큼 흡수합니다.
생명력의 최대치가 2,650만큼 증가합니다.

데스 오라의 효과!

리치에게는 끝없는 생명력과 마나의 원천이 된다.

기본 언데드들 소수를 일으킨 것으로 시작했을 뿐이지만 이제부터가 본격적인 전투라고 할 수 있었다.

-언데드 49기가 감당할 수 없는 많은 타격을 입고 파괴되었습니다.
그들은 다시 살아나면 더 강렬한 적개심으로 강해질 것입니다.

위드는 기꺼이 언데드 소환 마법을 다시 펼쳤다.

시체들은 널려 있었기에, 이번에는 마나를 전부 사용하여 300명의 둠 나이트들을 소환하였다.

스켈레톤들을 늘릴 수도 있었지만 전투를 좌우하기 위해서는 고급 병력이 필요했다.

둠 나이트들이 위드의 앞에 일제히 무릎을 꿇었다.

"죽음으로도 벗어날 수 없는 생명의 주인이며 영광을 선도하는 언데드 지휘관, 꺼지지 않는 심장을 가진 불멸의 전사에게 경배를 바칩니다."

위드가 높은 지성을 가진 언데드들에게 받는 존중은 극진하기 짝이 없는 것이었다. 바르칸의 풀 세트뿐만이 아니라 언데드와 관련된 모험을 많이 진행하기도 한 덕분이다.

"너희가 해야 할 일은 알겠지?"

"살아 있는 적들의 몰살, 영원한 지옥으로의 인도입니다."

"가라. 전부 쓸어버려라!"

산악병들에게는 감당할 수 없는 전력의 등장.

데스 오라의 어둠을 휘감고 있는 둠 나이트들은 공격을 당해도 금방 생명력을 회복해 버린다. 위드가 다 흡수하지 못한 생명력과 마나는 주변의 언데드들이 나눠 가지게 되기 때문이다.

압도적인 공격력으로 언데드들을 몰살시키지 않는다면 대적이 불가능한 전력이 되는 것이다.

네크로맨서의 특징 중 하나로, 자신이 소유한 언데드 군단보다 약한 이들을 칠 때에는 거의 피해가 없는 승리를 거둘 수도 있었다.

물론 위드처럼 아예 군대를 상대로 하는 전투는 네크로맨서들도 감히 하지 못한다. 골렘과 몇 마리의 고급 언데드를 끌고 던전을 다니거나 평원을 돌아다니는 정도다.

그렇지만 역시 언데드들을 일으키려면 최소 수천 마리는 되어야 제맛!

"이 땅은 내 암흑의 율법이 지배한다. 영원한 불사의 힘이 장악하리라. 다크 룰!"

충분한 마나가 모이자 위드는 바르칸의 두 번째 마법을 시전했다.

시체들이 끊임없이 일어나는 언데드 소환 마법이 이 땅에 작렬했다.

쓰러진 언데드들이 다시 일어나고, 산악병 중에서 죽은 자들도 곧바로 언데드가 되어서 동료들을 공격한다.

신성 마법이 펼쳐지지 않는 이상, 그리고 위드의 목숨이 위태로워지지 않는 한 언데드 군단은 무적이었다.

"톨렌 왕국 재건군은 할 일을 다 했다. 너희는 이제 놈들이 빠져나가지 못하도록 주위를 포위해라."

"예, 알겠습니다."

"부디 저희의 목숨만은 살려 주세요."

반란군은 몸을 벌벌 떨며 전장에서 벗어났다.

그들은 언데드와 산악병의 전투를 보며 겁을 잔뜩 집어먹었다.

"용사 위드는 선량한 사람인 줄 알았는데. 우리가 악마를 불러들인 거야."

"다 틀렸어. 우린 잡아먹히고 말 것이야."

띠링!

—흉흉한 소문이 생겨났습니다.
언데드를 일으키는 자에 대한 이야기가 퍼지게 됩니다.
악명이 4,391만큼 많아집니다.

네크로맨서의 부작용.

인간들은 언데드를 보면 두려워하기 때문에 악명이 빨리 쌓여서 관리가 힘들다. 자신이 직접 언데드나 리치 상태가 되어서 활동하면 영영 인간으로 돌아오지 못하는 죽은 자의 힘이 강해지는 부작용도 있었다.

"그렇지만 가끔 먹는 불량 식품은 영양제라는 말도 있지."

위드는 산악병이 천천히 몰락해 가는 광경을 지켜보았다.

초반에는 반란군을 상대로 위세를 떨쳤던 그들이지만, 반 호크가 이끄는 언데드 병력과 둠 나이트들이 가세하고 다크 룰 마법에 의해 동료들이 전부 언데드가 되어 가는 상황까지 오니 더 이상 버티지 못하고 빠르게 괴멸해 갔다.

다크 룰의 영향으로 오래된 시체들까지 전부 일어나서 덤벼 오고, 아직 살아남은 자들도 자칫 작은 부상만 입어도 지독한 독기가 스며들었다.

콰과과과광!

부상을 입고도 악착같이 견디던 사람들도 끝내는 시체 폭발과 비슷하게 폭발한다.

위드가 일으킨 전율적인 살상의 현장.

2,000이 넘어가는 스켈레톤 아처들은 아무 곳에나 마구 화살을 쏘았다.

산악병의 두꺼운 대검에 의해 허리가 부러져서 파괴되어도 불과 20여 초 만에 다시 일어난다.

등을 보인 산악병에게 화살을 직접 쏠 정도였으니, 상대할 수 있는 방법 따위가 없었다.

-죽음에 대해 눈을 떠서 지력이 영구적으로 2 증가합니다.

그리고 언데드들의 숫자가 2만이 넘어가게 되었다.

띠링!

-지배할 수 있는 언데드가 신앙심의 한계를 넘어서기 직전입니다.
현재의 신앙심으로는 더 많은 언데드를 보유하게 되면 신의 격한 분노를 초래할 것입니다.
만약 언데드들의 지배를 포기한다면 본능에 따라 오로지 무차별 살육만을 위해 살아가게 될 것입니다.

네크로맨서 바르칸의 장비들에는 언데드들을 강화하고 더 많이 소환할 수 있는 옵션들이 걸려 있었다. 하지만 위드가 쭉 리치로 성장해 온 것이 아니기에 신앙심이 너무 높았다.

"꼭 사장이 나서서 다 해치워야 할 필요는 없지."

위드의 밑에는 암흑 군단의 총사령관인 반 호크가 있다.

"똑바로 서라! 칼라모르의 병사들은 해골이 되어서도 너희처럼 멍청하지 않다!"

반 호크는 언데드들을 지배하고 다스릴 수 있었다.

어비스 나이트 때에는 10만에 달하는 대군을 혼자서 거느릴 정도로 암흑 군단의 위력이 강력하기 짝이 없었다.

지금은 다시 데스 나이트로 전락해 3만의 병사를 보유할 수 있었다.

"머릿수는 이미 충분해. 전투를 확실하게 준비하자면 조금 더 빠르고 강력한 군대를 만들어야 되겠군."

썩은 뼈 스켈레톤들은 아무리 많아도 전쟁이 벌어지면 너무 약한 존재들일 뿐이다. 이때부터는 양보다는 질이었다.

산악병들이 계속 줄어들면서 생명력을 취한 언데드들은 진화를 거듭했다.

데스 오라를 몸에 두르고 있는 언데드들은 성장도 빨랐다.

"짹짹짹, 새로운 적들이 멀리서 접근하고 있다."

정찰병으로 하늘에 높이 떠 있던 은새가 날아와서 보고했다.

유일무이한 은새의 외모는 햇빛을 받으면 멀리서도 눈에 띄었기에 물감을 이용해 평범한 참새처럼 칠해 놓았다.

"그렇다면 또 다른 준비를 해야 되겠군."

위드는 함정을 만들어 놓기로 했다.

"죽지 않는 자들이여, 거짓된 환영으로 존재를 숨길지어다. 조작된 그림자!"

언데드들의 모습이 산악병과 반란군으로 바뀌었다.

자신 주변에 있는 인간들과 동일한 외모로 바뀌게 해 주는, 바르칸의 마법서에 있던 마법.

스켈레톤들이 옷을 입고 무기를 휘두르는 정상적인 형태가 되었다. 그러나 자세히 보면 팔다리의 움직임이 자연스럽지 않고 뚝뚝 끊어지는 것을 확인할 수 있을 것이다.

"함정에 빠지면 좋겠지만, 뭐 그렇지 않더라도 손해 볼 건 없지. 그리고 그다음의 네크로맨서 마법으로는……."

위드는 바르칸의 마법서를 쭉 훑어보았다.

다양하게 존재하는 못된 네크로맨서 마법들!

옛날에는 지식과 지혜 등이 부족해서 쓰지 못했던 마법들이 많이 있었다.

"이게 좋겠군. 제대로 치사하고 야비해."

마법서에는 위드마저 반한 야비한 마법이 있었다.

"죽은 자들이여, 유부를 떠돌며 한을 풀려고 하는 원혼들이여, 마지막 불꽃을 단숨에 태워 복수를 행하라. 생명 폭탄!"

약 200여 마리에 달하는 언데드들의 머리나 심장이 붉게 빛났다.

몸에 남아 있는 생기와 마나를 재구성하여 스스로의 육체를 폭탄으로 만드는 마법!

시체 폭발과는 다르게 다른 언데드처럼 움직이다가 네크

로맨서가 원할 때에 터트릴 수 있었다.

물론 생명 폭발이 심기게 되면 움직임이 훨씬 느려지고 전투력도 떨어졌다.

위드는 데스 오라에 의해 마나가 재충전될 때마다 언데드들에게 생명 폭탄을 듬뿍 심었다.

구울, 좀비. 하급 언데드들을 포함하여 듀라한과 데스 나이트에게도 생명 폭탄 마법을 심었다.

네크로맨서는 본래 동료들과는 호흡이 잘 맞지 않는 직업이다. 작은 전투에서는 특별히 강하지 않더라도 큰 전투에서는 위력을 실컷 발휘한다.

"은새야, 적들은 얼마나 다가왔지?"

"10분 거리."

"그렇다면 무대를 좀 꾸며 봐야겠군."

산악병은 그사이에 3,000 정도만이 부상을 입은 채로 버티고 있었으며, 반란군도 3만 4천여 명만이 남았다.

각종 언데드들이 약 1만 2천.

위드는 반 호크에게 산악병의 형태를 하고 있는 언데드와 반란군의 모습을 한 언데드들끼리 서로 싸우게 만들도록 지시했다.

언데드들끼리 치고받고 싸우는 것이다.

그러나 금방 허술한 점이 생겨났다.

듀라한들끼리 싸우다가 팔다리가 떨어져 나가도 계속 전

투를 이어 나간다. 심지어는 땅에 쓰러졌던 언데드들이 다시 일어나더니 전투를 계속했다.

"그냥 천천히 해! 그리고 쓰러난 애들은 일어나지 말고 그냥 누워 있어!"

반 호크가 위드가 언데드 군단에 시킨 이상한 명령에 대해 의문을 표시했다.

"왜 당당하게 대형을 갖추지 않고 이렇게 해야 되는가. 납득할 수 없다. 설명을 해 다오."

"자꾸 귀찮게 하는군. 백만부터 천만까지 중에 좋아하는 숫자를 이야기해 봐."

"그건 왜인가?"

"그 숫자만큼 때리려고."

위드라고 무작정 부하들을 패기만 하는 성격은 아니었다.

누렁이의 경우에는 구워 먹거나 삶아 먹으면 맛있겠다며 입맛을 다셔 주고, 빙룡과 와이번들은 말로 구박한다. 금인이는 금 시세가 오를 때마다 '저걸 지금 비싼 값에 팔아야 하는데.'라고 눈치를 주었다.

데스 나이트 반 호크는 처음부터 보스급 몬스터로 만났고 굴복시키기 위해 전투를 자주 치렀다. 그 이후부터는 말을 안 들을 때는 패는 게 익숙해지게 되었다.

데커드는 5만 4천의 병력을 데리고 도착했다.

정복한 마을을 다스리기 위해 약간의 병력을 남겨 놓고 온 것이다.

데커드가 말을 탄 채로 칼을 높이 들었다.

"아군이 위험에 빠졌다. 전군 반란군 무리를 도살하라!"

"알겠습니다. 돌격!"

기사단장들이 명령에 따라 기사단을 이끌고 일제히 돌격했다.

2,000기의 기사단에 그 뒤를 받쳐 주는 장창병과 중장갑 보병, 산악병의 행렬이 이어졌다.

"반란군 무리가 도망치면 끝까지 꽁무니를 쫓아간다."

데커드가 직접 전군을 이끌고 기사단의 뒤를 따랐다.

"하벤 제국의 개들이 왔다, 꾸엑!"

"으아악, 항복할 테니 살려 주세요!"

반란군을 거침없이 베어 넘기며 하벤 제국군이 쳐들어왔다.

"너무 약하군."

"일반 농민들로 결성된 무리인가. 고작 이 정도의 병력을 가지고 덤벼들다니 너무 가소롭네."

헤르메스 길드 유저들은 반란군 토벌이 불과 30분도 안 되어서 완벽하게 성공하리라 생각하며 전력을 다했다.

"아군을 구출하라!"

기사단이 산악병을 구원하기 위해 적진의 정중앙을 뚫고 전진했다.

기사단의 질주에 따라서 제대로 저항도 하지 못하고 쓰러지는 반란군.

자세히 보면 움직임이 어딘가 어색하고, 또 공격을 당하는 것을 겁내지 않는다는 사실을 알 수 있었을 것이다.

피부색과 눈동자도 유난히 시커멓다는 것을 알 수 있었겠지만, 전투를 치르며 돌격하는 기사단이 자세히 살피기는 무리.

헤르메스 길드 유저들조차도 전장을 질주하며 반란군을 돌파하느라 정신이 없었다.

그들은 광역 공격 기술을 활용하며 한 번에 수십 명씩을 해치웠다.

더군다나 전투 시간도 해가 막 지려고 할 무렵이었다.

"걱정 마라. 너희를 구해 주려고 왔으니."

기사단원들이 고립되어 있던 산악병들의 무리를 구출했다.

"근데 이게 무슨 냄새지?"

"지독한 악취군. 마치 시체가 썩는 듯한……."

그때 산악병들이 두 팔을 휘저었다.

"크에에에에."

"흐끼이이이이이이, 따뜻한 피가 흐르는 인간의 냄새."

기사단을 향해 조금씩 다가오는 산악병들.

"응?"

산악병들이 기사단원을 끌어안았다.

그리고…….

콰과과과광!

전투를 치르고 있던 반란군과 산악병이 일제히 폭발했다.

데커드의 군대는 단숨에 육분의 일가량이 날아가는 피해를 입었고, 기사단 중에서는 생존자가 거의 없었다.

산악병과 반란군 행세를 하던 언데드들이 연이어 데커드의 군대를 덮쳤다.

"함정이다!"

병사들은 살기 위해서 최선을 다해서 버텼다. 하지만 주변에는 온통 언데드들뿐.

"크에… 피 냄새가 난다."

데커드의 기사들 중에 죽은 자들이 다크 룰 마법에 의해 언데드가 되어서 다시 일어났다. 그들은 조금 전까지만 하더라도 동료였던 자들의 등 뒤를 습격했다.

멀리서 지켜보고 있던 위드는 언데드를 내버려 두고 지휘하지 않았다.

"어차피 알아서들 싸우겠지. 대충 싸워도 된다니까."

언데드들에게 살아 있는 생명은 곧 적.

아군을 공격할 리는 없었으니 놔두더라도 가까이 있는 데커드의 군대를 공격하게 된다.

일일이 명령을 내리거나 적진을 파괴할 전술을 동원할 필요도 없다.

이 땅은 이미 죽음의 대지가 되었다.

"그럼 수확이나 해 볼까. 시체 폭발!"

위드는 데커드의 군대가 모여 있는 곳이면 시체를 폭발시켜서 큰 피해를 주었다.

"끈적거리는 피, 종말의 안개, 파고드는 핏빛 화살!"

실컷 흑마법을 쓰면서 데커드의 군대를 괴롭혔다.

쭉쭉 쌓여 가는 경험치!

흑마법이나 언데드 계열의 마법 스킬 숙련도도 쌓일 수 있었지만 원래 자신의 것이 아니라서 유감이었다.

"내 적성에는 흑마법사나 네크로맨서가 꼭 맞는 것 같기도 한데 말이야."

위드의 직업이 만약 조각사가 아니었다면 인간 군대를 상대로 행패를 부리다가 타락했을 게 틀림없었다.

영락없이 마왕을 소환하는 일이 벌어졌으리라!

"네크로맨서는 어디 있나!"

"저, 저자다!"

언데드 사이에서 분투를 펼치던 헤르메스 길드의 유저들은 뒤늦게 위드를 발견했다.

"네크로맨서만 죽이면 끝난다. 저쪽으로 공격을 집중하자!"

"용병들과 중장갑보병들이여, 모두 돌격! 승리가 눈앞에 있다."

언데드들과는 싸우나 마나였기 때문에 데커드의 군대는 위드를 향하여 일제히 몰려왔다.

막는 언데드들이 쓰러지고 다시 일어나기를 반복했다.

다크 룰, 데스 오라의 살벌한 위력!

전투가 펼쳐지는 대지가 어둡고 침침하게 물들어 가고 있었다.

언데드들은 싸울수록 점차 강성해진다.

네크로맨서의 실력이 훌륭하면 군대의 규모가 클수록 취약해지는 상황이 벌어지고 마는 것이다.

헤르메스 길드 유저들은 위드를 향하여 마법 공격을 시도하려고 했다.

마법의 융단폭격이라면 네크로맨서를 직접 타격할 수 있으리라고 보았다. 그러나…….

띠링!

-마법이 방해받았습니다.
이 지역의 모든 마나의 흐름은 네크로맨서에 의해 지배되고 있습니다.
마나 역류 현상에 의해 생명력이 21%, 마나가 36% 손실되었습니다.
손실된 마나는 네크로맨서에게 흡수됩니다.

바르칸의 3대 마법 중 하나인 절대 마법 방어!

마법사들은 자리에서 쓰러졌다.

"커억… 어떻게 이런 일이 벌어지냐."

"믿을 수 없어. 저놈은 도대체 누구야!"

"절대 마법 방어! 이런 건 최소 피의 네크로맨서는 되어야 가능하다고… 다른 조건도 너무 높아서 그로비듄 님조차도 이루지 못한 단계인데?"

"저 로브를 봐. 어디서 본 것 같지 않아?"

위드가 착용하고 있는 장비들이 비로소 마법사들의 눈에 들어왔다.

"불사의 군단?"

"바, 바르칸의 풀 세트다!"

"전쟁의 신 위드다!"

바르칸 데모프와의 인연, 그의 모든 장비를 가지고 있으며 필요하다면 네크로맨서 스킬을 자유자재로 쓸 수 있는 사람이라면 위드밖에 없다.

일찍이 헤르메스 길드에서도 위드가 네크로맨서로서 활약하는 것을 가장 경계했다.

바드레이와 위드 간에 싸움이 붙어도 웬만하면 자신들이 지진 않는다. 조각 변신술을 써서 어떤 직업이나 종족으로 변하더라도 바드레이의 무력으로 극복할 수 있는 것이다.

하지만 네크로맨서 상태에서만큼은 끝없이 덤벼드는 언데

드로 인하여 바드레이 단독은 물론이고 친위대가 같이 있더라도 밀릴 가능성이 있다.

복합적인 여러 조건이 뒤따라야만 만들어지는 불리한 상황이겠지만, 대단히 위험할 수 있다.

헤르메스 길드에서도 그런 사태가 벌어지지 않도록 특별히 주의하고 있을 정도였다.

그 네크로맨서 위드가 만반의 준비를 갖추고 자신들을 표적으로 삼았다니!

끝없이 일어나는 언데드들은 포르모스 성의 병력을 갉아먹으며 더욱 강력해졌다.

반 호크와 암흑 기사단은 엄청난 위세로 전장을 가로지르며 헤르메스 길드의 유저들을 빠짐없이 척살했다.

"크에……."

"피. 피를 원한다."

위드가 이끄는 언데드의 군대는 데커드의 군대를 전멸시키고 포르모스 성으로 진격했다.

"언데드의 습격이다!"

5만 암흑 군단의 진군.

언데드들은 휴식을 취할 필요가 없어서 매우 빨리 도착했다.

시커멓고 흉흉한 데스 오라를 감싸고 있는 언데드 대군이 풍기는 느낌은 예사롭지 않았다.

위드가 데커드의 군대를 격파하고 포르모스 성으로 온다는 소문이 그사이에 쫙 퍼지게 되었다. 일반 유저들은 성 밖에 잔뜩 나와서 구경을 준비하고 있었다.

"우리 내기나 할까. 누구한테 걸래?"

"위드에 3골드."

"난 700골드."

"야, 난 2억 골드 건다."

포르모스 성의 수비 병력 1만.

단기간에 함락하지 못하면 하벤 제국의 군대와 헤르메스 길드의 유저들이 벌 떼처럼 몰려오게 될 것이다.

위드는 네크로맨서 마법을 썼다.

"모든 마나의 흐름이여, 지금 생명들의 종말을 제물로 바치나니 소멸과 거스름의 원리에 따라서 움직여라!"

절대 마법 방어!

언데드에게 해로운 마법은 일절 실행되지 않는다.

마법력의 한계에 따라 위드를 중심으로 반경 400미터까지 영향을 주었으며, 언데드들에 의해 살아 있는 생명의 제물을 계속 필요로 했다.

위드는 최종 명령을 내렸다.

"가라, 언데드들아. 남김없이 쓸어버려라!"

성벽을 기어오르는 스켈레톤들은 화살을 맞아도 떨어지지 않았으며 겁을 내지도 않았다.

구울들은 몸을 뭉쳐서 성문을 공격했으며, 둠 나이트들은 하늘을 나는 해골마를 소환하여 단숨에 성벽 너머까지 뛰어올랐다.

위드는 데스 오라를 통해 회복되는 마나를 바탕으로 마법을 난사했다.

"어둠의 잔재, 서리의 토양, 단체 눈 멀기, 지옥흡혈충 소환!"

포르모스 성의 수비병들을 향한 악독한 마법들의 시전.

성안에는 헤르메스 길드와 베덴 길드의 유저들이 상당수 있었지만 완전한 체제를 갖춘 언데드의 위력에 의해 하나 둘 목숨을 잃었다.

이윽고 그 시체는 둠 나이트급의 강력한 언데드가 되어서 일어난다.

지원군이 충분히 몰려오기도 전에 포르모스 성의 수비병은 완전히 격파되었다.

5만 대 1만의 전투였지만, 위드의 지휘력과 데스 오라에 의해 무섭게 빨라지고 강해진 언데드들의 파상 공세에 의해 성의 수비 병력은 괴멸되었다.

"으아……."

"언데드들은 진짜 끝장이다. 진작 네크로맨서로 전직할걸."

지켜보는 유저들은 경악을 금치 못했다.

언데드들은 화살이나 검을 겁내지 않았으며, 적들에게 5~6명씩 돌진하여 싸운다. 그것은 자신의 목숨을 지키려고 하는 일반적인 전투와는 아주 다를 수밖에 없었다.

위드는 지휘 능력을 유감없이 발휘하여 언데드들을 지배하였고 성벽에 있는 병력을 고립시켜서 해치웠다.

포르모스 성을 지키기 위한 성벽이 아무 도움도 되지 못하는 상태로 만들었다.

-하벤 제국의 포르모스 성이 함락되었습니다.

모든 수비 병력이 궤멸되었습니다.
침략자의 군대는 이 성의 주민들에게는 불행하게도 리치입니다.
그는 지독한 공포를 심어 줄지도 모릅니다.
물론 공포를 느끼는 것도 살아남은 이후의 일이 되겠지만…….

-리치 네크로맨서로서 언데드를 지휘하여 성을 정복했습니다.

신앙심이 24 감소하였습니다.
명예가 17 줄어들었습니다.
용기가 13만큼 사라졌습니다.
신의 축복이 오늘부터 41일간 부여되지 못합니다.
악명이 15,391만큼 증가했습니다.
죽은 자의 힘을 311 얻었습니다.
죽음을 거부할 수 있는 힘 스킬이 초급 5레벨이 되었습니다.

"엄청난 피해로군."

정상적인 정복이라면 명예나 통솔력, 상당한 전투 경험치를 획득할 수 있었다. 기사나 검사는 흔히 전투 스킬, 혹은 지휘 스킬을 터득하기도 한다.

"아쉽지만 이것도 경험이니까. 그래도 네크로맨서로서 자주 활약하진 못하겠어. 뭐, 이 짓도 많이 할 건 아니었지만."

포르모스 성을 정복하더라도 위드가 중앙 대륙의 외딴섬이나 다름없는 이곳을 유지하거나 지킬 수는 없다.

구경하던 유저들 모두가 포르모스 성의 최후를 떠올렸다.

"끝났어. 오늘부로 포르모스 성은 사라지게 되겠네."

강력한 언데드 군단을 바탕으로 주민들에 대한 철저한 살육과 방화로 초토화시킬 것이라 생각했다.

언데드 군단에 명령을 내려서 건물을 파괴하고 성벽을 복구 불가능한 수준으로 무너뜨려 놓을 수 있다. 이것이야말로 하벤 제국에 최대의 피해를 입힐 수 있는 방식이기 때문이다.

주민들이 목숨을 잃으면 그만큼 경제력에 손실을 입고, 농부와 장인 등의 생산량마저도 사라진다.

이 지역 전체의 지배를 불안정하게 만들어서 제국의 통치에 큰 차질을 주게 된다.

베르사 대륙에서 가장 발전된 곳 중의 하나인 포르모스 성을 지도에서 영원히 지워 버릴 수 있는 기회.

위드는 그렇게 생각하지 않았다.

"감정적인 복수보다는 돈이 최고지, 뭐."
항상 실리를 생각하는 습관.
"똑바로 줄을 맞춰서 걸어라. 지금부터는 최대한의 속도로 움직인다."
위드는 언데드의 대군을 이끌고 포르모스 성의 무기고와 물자 창고를 털었다.
산더미처럼 쌓인 병장기들, 그리고 곡식과 말을 비롯한 보관품들.
포르모스 성에서 모은 재력이 엄청나다 보니 필요 이상으로 막대한 양의 철과 은, 마법이 봉인된 아이템들이 쌓여 있었다.
상인 출신의 영주 데커드가 훗날 가격이 오르면 팔아먹기 위해 매입해서 쌓아 놓은 것으로 보였다.
"반 호크."
"알겠다. 다 불태워 버리겠다."
"너 미쳤냐. 어서 데스 나이트들에게 마차나 수레를 만들라고 해. 최대한 실어 가자. 그래 봐야 십분의 일도 못 가져가겠지만."
"……."
기껏 성까지 정복하고 난 이후의 목적은 살육과 방화가 아니었다.
포르모스 성의 창고를 약탈하고 나서, 언데드 군단은 고스

란히 물러났다.

"아무리 화가 난다고 해도 합리적으로 생각해야지. 주민들이 무슨 잘못이 있겠어."

베르사 대륙의 주민들을 죽여 봐야 쌓이는 건 무시무시한 악명뿐이다.

위드가 네크로맨서로 잠깐 활동하고 얻은 총 악명이 3만을 넘어갈 정도였으니 불필요한 악명을 추가로 얻는 건 결코 원치 않았다.

사막의 대제왕 시절에야 그때의 짧은 활약으로 끝나는 것이었으니 도시를 불태우는 것도 서슴지 않았다. 그러나 지금 와서 도시를 태워 봐야 얻는 건 무의미한 화풀이나 불장난에 불과했다.

"이 지역 유저들과도 원만한 관계를 유지해야 하고 말이야. 여전히 내 목에 걸린 현상금을 노리고 있겠지만 그래도 상부상조의 정신을 발휘해 줘야지."

아무리 치사하고 더러운 집이라고 해도 성실하게 우유와 신문을 넣어 주면서 쌓은 인내심.

위드에게는 베르사 대륙이 직장이라고 할 수 있었으니, 직장 상사를 잘못 만났다고 해도 참으면서 살아야 했다. 그리고 틈틈이 뒷담화를 하거나, 혹은 절묘하게 뒤통수를 잘 치면 되는 것이다.

위드가 약탈하고 떠난 성의 창고에 유저들이 모여들었다.

"으아… 이렇게 많이 쌓여 있었냐? 헤르메스 길드, 베덴 길드. 참 지독한 놈들이다."

"근데 지키고 있는 사람이 아무도 없는데?"

경비병들과 기사들은 몰살.

창고의 문은 활짝 열려 있었다.

유저들은 슬금슬금 다가가서 창고에 남은 물건들을 하나 둘 집어 들었다.

"얼마짜리야?"

"엄청 비싼 거다. 빛을 내는 구슬이잖아."

"훔쳐 가도 괜찮을까? 놈들이 보복을 할 텐데."

"누가 했는지 어떻게 알겠어. 이 성의 유저들을 다 죽이지도 못할 거 아냐?"

그 다음 순간, 유저들은 포르모스 성의 물건들을 닥치는 대로 쓸어 담기 시작했다. 내성에 걸려 있는 골동품과 예술품을 비롯하여 양탄자까지도 전부 약탈했다.

하벤 제국에 소속되고 나서 세금과 사냥터 입장료 등이 엄청나게 올랐다. 안 그래도 악감정이 산더미처럼 쌓여 있는 판인데 기회가 생기니 한몫 챙기는 데 주저함이 있을 리 없었다.

The Legendary Moonlight Sculptor

서윤의 아버지

포르모스 성에서 벌어진 대형 사태!

위드가 저지른 사건이 베르사 대륙을 강타하고, 헤르메스 길드의 위신은 또다시 추락하였다.

하벤 제국에서는 인근 도시에 주둔하던 군대를 보내서 바로 다음 날 포르모스 성을 되찾았지만 그것으로 자존심이 회복될 순 없었다.

성난 유저들이 창고를 깨끗하게 약탈해 버렸으며, 도시의 시설물까지 파괴해 버렸다.

이 광경이 밤새도록 방송국들을 통해 중계되어 하벤 제국의 커다란 망신거리가 되었다.

하벤 제국에 대한 불안감이 더욱 커지게 된 것은 물론이었다.

"응징을 해야 합니다. 더는 마음대로 뛰어놀지 못하도록 합시다."

"언제까지 참아 줘야 합니까. 놈이 중앙 대륙에서 활개를 치는데도 아무 보복 수단이 없단 말입니까? 언제부터 우리 헤르메스 길드가 이렇게 나약했단 말입니까?"

헤르메스 길드에서는 수뇌부와 주요 영주들이 모두 모이는 대회의를 열었다.

위드에 대한 처리 방안을 놓고 심사숙고하여 경계를 한 단계 높이기로 결정했다.

위드의 목숨에 대한 현상금을 1억 골드까지 높이고, 대도시 영주의 자리와 함께 최고 등급의 장비들도 지급하겠다고 발표했다.

고위 마법사와 암살자로 구성된 추격조의 파견도 단행했다.

"작전명은 큰곰 사냥으로 하죠."

라페이는 신출귀몰한 위드를 붙잡을 수 있는 가능성은 거의 없다고 보았다.

위드의 스킬들이나 이동속도, 판단력을 고려했을 때에 추격조가 성과를 달성하기란 대단히 어렵다. 대신에 출현 가능성이 높은 장소들에 빠져나가기 힘든 죽음의 함정을 파 놓았다.

추격조 파견을 강력하게 추진한 수뇌부 집단에서도 생각이 있었다.

'놈이 날고뛰는 재주가 있다 해도, 하늘에서 떨어질 수도 있는 법이지.'

위드 사냥이라면 헤르메스 길드에서 원하는 자들이 많을 것이다. 최고 수준의 실력자들에게만 자원을 받아서 오직 하나의 임무를 부여한다.

위드의 흔적을 대륙 끝까지 쫓아다니는 것이다.

어디든 따라다니다 보면 활동도 그만큼 위축될 것이고, 언젠가 기회를 제대로 잡기만 하면 죽은 목숨이다.

중앙 대륙에서 위드의 입지는 더욱 좁아질 것만 같았다.

라페이는 대륙의 지도를 놓고 고심에 잠겼다.

"그보다도 근본적인 부분을 손봐야 할 필요가 있습니다. 바로 하벤 제국의 약화입니다. 우리 제국은 갈수록 약해지고 있습니다."

"제국의 약화요? 군사력은 역대 최고이며 반란군과의 싸움도 거의 모조리 이기고 있습니다. 우리의 군대는 매일 더 강해지고 있으며, 대륙의 완전한 정복도 시간문제입니다."

수뇌부에서는 곧바로 반론이 튀어나왔다.

헤르메스 길드의 수뇌부 중에는 영주들과 전쟁 영웅들이 많았다.

"반란군을 걱정하십니까? 그놈들은 시끄럽기만 하지 아무

것도 하지 못할 겁니다."

"저도 동감입니다. 절대 다시 뭉치지 못하지요. 우리가 조금만 더 힘으로 밟으면 약한 자들은 다신 일어나지 못합니다. 지금 조금 귀찮아졌다고 해서 제국의 약화를 거론할 필요는 없을 듯합니다."

그들이 생각하기에도 하벤 제국이 여러모로 뒤숭숭하기는 했다. 하지만 중앙 대륙을 통일했으니 벌어지는 일시적인 소란으로 여겼다.

도처에서 반란군이 튀어나오고 있어도, 군사적으로 압도하고 있는데 무슨 걱정이란 말인가.

과거의 명문 길드들 역시 두더지 잡기처럼 튀어나오는 대로 밟아 주면 된다.

헤르메스 길드에는 정복 전쟁을 경험한 백전노장들이 즐비했다. 그들은 자신들이 전투에서 패배할 것이라고는 전혀 생각하지 않았다.

중앙 대륙을 정복할 때도 그랬으니, 하물며 이미 하벤 제국이 완벽하게 영토를 다스리고 있는 지금은 더욱 그렇다.

북부 정복이 실패했고 어려웠던 이유는 순전히 장거리 원정이기 때문이다. 중앙 대륙을 지켜야 하기 때문에 대규모의 병력을 보내지 못했으며, 북부 유저들의 저항이 너무 거세서 실패했다.

그렇지만 베르사 대륙 전체에서 자신들만큼 강력한 군벌

은 존재하지 않는다는 자부심이 있었다.

백작, 후작, 공작의 귀족에 임명된 강자들.

바드레이를 제외한다면 사실상 우열을 가리기 힘들 정도로 강한 유저들이다.

헤르메스 길드야말로 베르사 대륙의 최강자들이 전부 모여 있는 곳이라고 해도 과언이 아니었다.

라페이는 수뇌부와 대영주들과 1명씩 눈을 마주쳤다.

"제 말을 주의 깊게 듣지 않으셨군요. 하벤 제국의 군대는 틀림없이 강합니다. 대륙에서 최강이며, 우리를 따라올 수 있는 세력은 없죠. 하지만 제국이 약화되면서 드러나는 진정한 문제는 경제에 있습니다."

라페이가 정말 심각하게 생각하는 부분은 하벤 제국의 내정이었다.

"통계자료를 보면 우리 하벤 제국이 왕국에 머물렀던 초기 시절, 국가의 1달 세금 수입은 약 13억 골드에 달했습니다."

"그렇게나 많았습니까?"

"네. 로열 로드의 초창기였던 만큼 그야말로 천문학적인 돈이었습니다. 우리도 고작 10골드짜리 의뢰를 성공시키기 위해 도시를 뛰어다니던 때였죠. 그 전에는 담비 가죽을 구하기 위해 며칠씩 산과 숲을 헤매기도 했습니다."

유저들은 잠시 눈을 감고 그때를 회상했다.

누구나 처음은 있었다.

헤르메스 길드가 기반을 닦기 이전에 지금의 수뇌부나 대영주가 된 이들은 누구보다도 바쁘게 뛰어다녔다.

남들보다 더 많이 갖고, 위에 있고 싶어서 악착같이 강해졌다.

그 후 유저들이 물밀듯이 유입되면서 도시와 마을이 발전하고 퀘스트와 교역이 활발해졌다.

그 과정들이 어제 일처럼 선명하게 떠올랐다.

실제 현실보다도 로열 로드에서는 더 극적인 인생을 경험할 수 있었기에 감회가 깊었다.

"통계를 따로 낸 건 아니나 여러 자료들을 모아 본바, 정확하진 않지만 유저들이 유입되고 경제가 가장 활발했던 전성기에 하벤 왕국의 1달 세금 수입은 약 24억 골드에 달했을 것으로 추측됩니다."

"놀랍군요. 대단한 액수입니다."

당시에는 하벤 왕국뿐만 아니라 다른 크고 작은 왕국들도 사정은 비슷해서, 많은 세금을 국가에서 거둬들였다.

지금처럼 세율이 높지도 않았지만 유저들의 유입으로 인한 경제성장 효과는 대단했다.

이후 유저들 중에서도 귀족과 영주가 나타났고, 명문 길드들은 확고하게 자리를 잡기 시작했다.

큰 야망을 가진 명문 길드들은 물론 하벤 왕국이나 칼라모르, 툴렌 왕국 같은 발전되고 많은 인구를 가진 곳들을 선호

했다. 그리고 자신의 영토를 더 많이 확보하기 위해 군대를 모집하고 격렬하게 싸웠다.

NPC 국왕과 영주, 귀족이 다스리는 왕국은 허수아비나 다름이 없었으며, 유저 영주들의 군사력 확대는 끝을 모르고 계속되었다.

농장과 목장이 파괴되고 광산은 폐쇄되었다.

전투 중에 주민들이 희생되고 생산 시설도 파괴되었다.

교역이 위축된 것은 말할 것도 없었다.

젊은 주민들은 병사로 징집되어서 전쟁터로 끌려 나가야 했으며, 다양한 분야의 기술자들도 전투 무기 생산에만 매달리게 되었다.

다른 왕국도 마찬가지이겠지만 하벤 왕국의 세금 수입은 그때부터 줄어들었으리라.

라페이와 바드레이를 포함하여 중앙 대륙의 사람들은 당시에는 대부분 그 현상을 가볍게 여겼다.

전쟁으로 인해 주변의 성과 도시를 정복하는 것이 최우선이던 시대에 자신의 것도 아닌 왕국의 경제 따위를 생각할 이유는 없었으니까.

물러서면 밟히고, 빼앗으면 강해진다는 단순한 논리.

중앙 대륙에서는 치열한 생존경쟁이 펼쳐졌고, 장대한 계획을 수립하고 실행에 옮긴 헤르메스 길드는 승자가 되었다.

여기까지는 어떤 변수도 없었다.

"하벤 왕국이 칼라모르 왕국을 접수하고, 이어서 다른 세력들을 쳐서 중앙 대륙을 장악했습니다. 그리고 대외비로 분류되고 있지만 중앙 대륙을 통일했던 직후 우리의 세금 수입은 약 88억 골드에 달했습니다. 도시의 입장료나 던전 이용료를 모두 포함한 것입니다."

"……."

수뇌부와 대영주들은 매달 거두어들이는 세금의 단위에 놀라서 아무 말도 하지 못했다.

'이런 자금이 있기에 외부로부터 투자를 받을 수도 있었던 것인가?'

'가상현실의 가치는 날로 커지고 있다. 헤르메스 길드는 이미 기업이라고 불러도 좋을 정도로구나.'

각자 지배하는 도시를 통해 대략적이나마 짐작은 하고 있었지만 직접 그 액수를 들으니 대영주들도 혀를 내두르게 되었다.

라페이는 감춰 두었던 정보를 한 가지 더 공개했다.

"반면에 우리의 정보대에서 추정하기로, 아르펜 왕국의 세금 수입은 2천만 골드에서 3천만 골드 남짓입니다."

"쿠흐흐, 규모 면에서 비교가 되질 않는군요."

"이거야 원… 정복할 가치도 없는 거 아닙니까?"

대영주들이 웃었다.

그 정도의 세금 수입이라면 사실 그들이 다스리는 영토에도 미치지 못한다.

방송이나 대중의 인기가 대단한 아르펜 왕국이라지만 속 빈 강정처럼 별 볼일 없다고 느껴졌다.

그러나 라페이는 웃지 않았다.

"아르펜 왕국과 우리는 세금을 거두어들이는 방식에 큰 차이가 있습니다. 세율에서도 우리는 그들의 몇 배에 달하고요. 만약 아르펜 왕국에서 우리와 동일한 방식으로 세금을 거두어들인다면 적어도 3억 골드는 넘게 되리라 생각합니다."

"그 정도 차이라고 해도 뭐……."

3억 골드라면 대영주들도 우습게 볼 수 없는 금액이다. 그럼에도 불구하고 하벤 제국에 비해서는 너무 작은 금액이다.

그러나 라페이의 얼굴과 목소리는 여전히 심각해서, 그가 할 이야기가 중대하다는 점을 짐작하게 했다.

"실질적인 부분을 따져 본다면 격차는 더욱 줄어듭니다. 하벤 제국이 중앙 대륙을 통일한 이후부터 우리의 세금 수입은 빠르게 줄어들었습니다."

영주 중의 한 사람이 말했다.

"그거야 아직 체계가 덜 잡혔기 때문이 아닙니까? 농장이나 광산 등 인수가 덜 된 곳들이 있습니다만."

"그런 부분도 있을 것입니다. 그러나 그만큼의 세금 수입 감소는 무시해도 될 정도입니다."

"대체 현재 세금으로 거두어들이는 돈이 어느 정도이기

에……."

"51억 7천만 골드입니다."

"크으음."

좌중에서 깊은 고뇌에 잠긴 한숨 소리가 들려왔다.

88억 골드나 51억 골드나 마찬가지로 현실감이 느껴지지 않을 만큼 어마어마한 액수다. 하지만 처음에 비해 37억 골드나 줄어들었다니 그것이 훨씬 더 크게 느껴졌다.

아르펜 왕국의 이야기를 할 때만 해도 비웃던 대영주들의 얼굴도 굳었다.

자신들의 영토에서도 크든 작든 대부분 세금 수입이 감소하였다. 그러나 그저 일시적인 일로 여기고, 경제 재건이 이루어지면 복구되리라고 가볍게 생각했다.

그렇지만 수입 감소 부분을 다 합치니 이렇게 많은 금액이 날아갔을 줄은 몰랐다.

라페이가 말을 이었다.

"그동안 우리에게도 약간의 잘못과 좋지 않은 사건들이 있었습니다. 반란군이 들끓어서 세금이 원활하게 징수되고 있지 않다는 점도 감안을 해야겠지요. 그러나 정작 두려운 것은 경제 재건을 위한 투자 액수를 대폭 늘렸음에도 불구하고 세금 수입이 계속 빠르게 감소하고 있다는 점입니다."

"그럴 리가요."

"지금 얼마나 줄어들고 있는 것입니까?"

영주들 중에서는 다급하게 묻는 자들도 나타났다.

라페이는 사태의 심각성을 알리기 위해 솔직하게 이야기했다.

"1달을 기준으로 한다면 총 감소 금액은 3~4억 골드 이상이 될 것입니다."

"터무니없는……."

이미 대략적인 정보를 알고 있는 수뇌부에서는 침묵을 지켰다.

영주들 역시 머릿속에서 계산을 해 보고는 타당하다고 여겼다.

'내가 거둬들이는 세금 수입도 대충 그 정도씩은 줄어들었다.'

말을 꺼냈다면 더 할 말이 있을 것이다.

좌중의 관심은 온전히 라페이에게로 쏠렸다.

"세금 감소의 이유는 일일이 열거하기도 힘들 정도로 많습니다. 우리의 경쟁자였던 이들이 몰락하면서 생긴 공백, 도시의 피해, 주민들의 죽음, 생산량 감소, 반란군 출몰, 치안 악화 등. 유저들이 중앙 대륙에서 예전처럼 열심히 모험과 사냥을 즐기지 않는다는 것도 큰 이유이겠지요."

로열 로드에서는 강해지기 위한 욕구가 대단히 크게 작용했다.

그러나 헤르메스 길드가 중앙 대륙을 장악하고 강력한 군사력을 바탕으로 통치를 하니 유저들의 그러한 열기가 식었다. 휴양지에 가서 놀거나, 세금이 없는 한적한 곳으로 떠나버리는 사람이 늘었다.

생산직들과 기술자들도 자신의 일을 예전처럼 열심히 하지 않는다.

던전 입장료나 도시에서의 세금이 감소하는 것은 자연스러운 일이었다.

영주들의 머릿속에는 한편 이런 생각도 들었다.

'이건 현실 경제와도 비슷하잖아.'

'어렵다. 경제는 심리라더니… 이럴 줄 알았으면 경제학 수업을 조금 들어 볼걸.'

여러 가지 조건들을 감안하면 경기 침체가 찾아오는 것도 너무나도 당연한 상황이었다.

오히려 지금 같은 악조건에서 경제가 원활하게 돌아간다는 게 이상할 정도다.

다만 그렇더라도 아직도 하벤 제국의 세금 수입이 충분하다고 생각하는 영주들이 많았다. 실제로 자신들은 엄청난 부를 축적하고 있으니까.

라페이는 그런 착각까지도 깰 발언을 했다.

"아시겠지만 하벤 제국을 유지하기 위해서도 많은 돈이 필요합니다. 필수적인 기반 시설의 유지, 그리고 군사력에 지출되는 비용. 정확하게 추산하기 힘들지만 이 비용만 해도

20억 골드는 웃도는 것으로 보고 있습니다. 반란군을 제압하는 한편으로 우리는 제국을 재건하기 위한 투자도 해야 합니다. 즉, 우리에게는 그다지 여유가 없단 말입니다."

하벤 제국이 황금 알을 낳는 거위인 줄 알았건만, 속으로는 여러 가지 조건들과 상황들이 최악으로 흘러왔던 것이다.

똑똑한 자들은 구체적인 자료가 없으니 그 이유를 알면서도 설마 이렇게까지 나빠지진 않았으리라고 막연하게 생각해 왔다.

세금 문제는 당장의 수입이나 통치와 관련이 깊은 너무나도 중대한 사안이기에 회의실은 적막감이 감돌 정도로 조용해졌다.

"하벤 제국에는 당장 우리와 뜻이 맞지 않는 이들을 억누르기 위해 다수의 군사력이 필요합니다. 그러나 군대의 힘은 양날의 칼과 같습니다. 엄청난 유지 비용을 필요로 하며, 경제성장에도 지장을 많이 주지요. 우리가 앞으로 할 일은 군사력 부분은 현재 수준을 유지하는 정도로만 하며 경제 복구에 최선을 다하는 것입니다."

라페이는 명확하게 자신의 뜻을 밝혔다.

아울러 이는 지금까지 헤르메스 길드의 방침을 적극적으로 따르지 않았던 영주들에 대한 경고였다.

하벤 제국에는 숱하게 많은 영주들이 있었다.

헤르메스 길드 소속의 유저들, 이른바 개국공신들!

그들은 길드의 확장과 함께 강력한 군대를 보유하게 되었으며 각기 지배할 땅을 배정받았다.

정복 전쟁에서는 모든 자원을 오로지 군대에 우선해서 투입했다. 중앙 대륙에서는 특별한 일도 아니었으니 비정상적으로 막강한 군사력이 갖춰지게 된 이유다.

개국공신에 대한 후한 포상은 지배 체제의 확립을 위해서도 반드시 필요했다. 새로 정복한 땅을 멀리 떨어진 중앙에서 일일이 간섭할 수는 없는 노릇이었으니까.

군사력을 가진 영주를 임명해 놓고 그에게서 일정한 세금을 거두는 것으로 뒤처리를 다 했다.

완전한 대륙 통일을 위한 정복 전쟁에 집중하기 위해서라도 가장 편한 선택이었다.

헤르메스 길드만이 아니라 그 당시에는 다른 길드들 역시 모두 그런 방식으로 영주를 임명했다.

영주란 그 지역에서만큼은 대단한 권력자였으며 많은 유저들이 선망하는 자리였으니까. 길드원들의 동기부여에도 효과적이다.

하지만 당연하게 여겼던 그 선택이 발목을 잡았다.

전쟁에 익숙한 영주들은 그 지역의 경제를 성장시킨 게 아니라 군사력을 강화하는 도구로 삼아서 철저히 착취했다.

젊은 주민들은 병사로 모집했으며, 기술자들에게도 병장기를 만들도록 지시했다.

사치품이나 고급품의 생산량은 삼분의 일 이하로 줄어들었고, 제국 전체로 본다면 잃어버린 경제 규모도 천문학적이었다.

'우리가 가장 먼저 해야 했던 건 중앙집권적 통치를 확립하는 것이었다. 그리고 더 빨리 중앙 대륙을 부흥시키기 위한 조치들을 단행했어야 마땅했다.'

드넓은 제국, 하벤 제국의 수도에서 경제 재건을 위한 갖가지 조치들을 취하더라도 영주들을 통해야 하니 제대로 집행되지 않는다.

영주들은 중앙 대륙을 정복하는 데 기여한 대가를 얻길 원했다. 그 결과 과중한 세금으로 주민들을 쥐어짰고, 경제를 재건하라고 황궁에서 푼 재물도 아까워서 움켜쥐고 풀지 않았다.

영주들에게 세금을 내리라고 명령을 했지만 그것을 따르는 이들도 절반 정도밖에 되지 않았다.

물론 전적으로 영주들의 책임으로 돌리는 것도 무책임한 일이리라.

중앙 대륙에서의 통치 문화는 눈앞에 황금이 있으면 힘이 있는 자가 가지는 것이 전통이었으니까.

라페이는 여기서 굳이 아르펜 왕국의 이야기는 하지 않았다.

정보대에서 파악하기로 북부의 유저들은 매일 숫자를 파

악하기 힘들 정도로 늘어나고 있으며 생산과 모험도 활발하게 증가하고 있다.

하벤 제국과는 사뭇 그 분위기가 다르다.

마을과 도시가 눈부시게 발전하고 있으니 향후 1~2년 뒤를 보자면 경제적으로 역전이 되지 말란 법도 없는 게 아니겠는가.

세금 수입만 놓고 본다면 입장이 바뀔 가능성은 없을 테지만, 반대로 그 낮은 세금 때문에라도 발전의 속도는 비교가 안 된다.

중앙 대륙은 계속 퇴보해 왔다면, 북부 대륙은 떠오르는 태양과 같았다.

"대제국은 외부의 침략으로 무너지지 않습니다. 반란군의 활동은 진압되고 있지만 하벤 제국의 국력도 덩달아서 조금씩 줄어들고 있습니다. 앞으로 우리가 신경 써야 할 부분은 전쟁이 아니라 경제와 내정이 될 수밖에 없습니다."

아렌 성을 중심으로 하여 거미줄처럼 교통망을 연결하고 산업과 도시 개발에 집중적인 투자를 감행하기로 했다.

방대한 군사력의 유지와 반란군으로 인한 각지의 소요 사태, 유저들의 반발까지도 감안해야 했다.

모든 것이 헤르메스 길드 수뇌부의 생각보다 어렵고 더디게 진행될 게 틀림없지만 현재로서는 근본적인 개혁이 필요했다.

하벤 제국의 수도가 있는 아렌 성의 상인 주민들은 불만으로 투덜거렸다.

"우린 정말 무거운 세금을 감당해 왔지. 그건 하벤 왕국이 제국으로 성장하는 데 중요한 밑거름이 되었을 거야. 그런데 갈수록 사치품은 제때 들어오지 않고 가격은 오르기만 하는군. 손님들도 줄어들고 있으니 이러다가는 몽땅 망하고 말 거야."

"반란군 따위도 제때 해결하지 못한다면 뭐하러 대륙을 정복한 거야. 무능한 귀족 놈들."

"식민지로부터 싼값에 물자가 들어오지 않는다는 게 말이 돼? 놈들을 쥐어짜서라도, 죽여서라도 싸게 가져와야 할 것 아닌가."

"이 시장에서 돈을 버는 사람은 나밖에 없어, 후후후. 사치품이야말로 한밑천 챙기기에 훌륭하지. 어디서 약탈한 물건인지만 상관하지 않는다면 말이야. 사실 이 바닥에 그런 걸 신경 쓰는 사람이 어디에 있는가?"

수도의 시장 상인들은 제대로 이루어지지 않는 교역이 불만족스러웠다.

교역이 원만하게 이루어지지 않으면서 상인 주민들 사이에 대대적인 불만이 쌓여 갔다.

하벤 제국의 수도에서 벗어난 칼라모르, 톨렌 지역의 시장은 장사를 하기 힘들 정도였다.

"요즘 세상에 식료품이 부족하다니 믿기는가? 물자 부족 현상이 최근에는 흔하게 벌어지고 있어. 반란군의 탓도 있겠지만 그들을 욕하고 싶진 않군. 다 황제가 자초한 일이니까."

"옷이나 무기가 있더라도 팔리지 않지. 사람들이 돈이 있더라도 안 쓰고 있으니까."

"대륙 북쪽의 농작물들은 품질이 훌륭했는데 더 이상 수입하지 않는다니 안타까운 일이지. 포도주와 말린 과일들. 고객들 중에서는 웃돈을 얹어서라도 사길 원하는 사람들이 많아."

"대장장이가 만든 검을 원하나? 그런 건 더 이상 구하기 어렵네. 대장장이들이 전부 일을 그만두었으니까."

제국에 대한 반발로 기술자와 농부, 대장장이 등의 주민들이 일을 하지 않아서 생산량이 감소하고 교역이 줄어들고 있었다.

하벤 제국에서 북부 원정에 실패하고 황궁이 붕괴되었을 때보다도 내실은 더욱 나빠지고 있었다.

전반적으로 극심한 경기 침체가 발생되었다.

점령 지역에서 동시다발적으로 터지는 경제 위축 현상은 갈수록 증폭되었다.

유저들도 비싼 세금 때문에 소비를 줄였으며, 의욕도 많이 꺾여 있었다.

"사냥 가자고? 그냥 놀러나 가자."

"주문이 들어왔다고? 다 귀찮아. 잠이나 잘래."

노세 노세 그냥 노세 운동!

아무것도 안 하고 그냥 놀기가 유저들 사이에서 급속도로 유행을 탔다.

"돈도 안 들고 좋아."

도시의 광장이나 길가, 건물의 지붕 위에서 햇빛을 받으면서 그냥 노는 것이었다.

일부 발 빠른 유저들은 하벤 제국의 사태가 심상치 않아졌을 때부터 농지와 주택들을 팔아 치웠다.

상인 유저들은 활동을 줄였다. 반란군 때문에 다른 지역을 돌아다니려면 비싼 가격에 용병을 구입해야 하는데, 그러자니 얻을 수 있는 수익이 적었다.

중앙 대륙이 심상치 않다는 점을 모든 유저들이 조금씩이나마 느끼고 있을 때였다. 주민들이 반드시 필요로 하는 식료품과 약초, 광물 등의 공급이 조금씩 나아졌다.

예전보다 가격은 비싸지만 물품들이 공급된다는 것만으로도 천만다행인 지역이 하벤 제국에는 많았다.

도자기, 포도주, 직물, 고급 그릇, 예술품 등은 귀족과 중산층이 꼭 원하는 물품이었다.

"앞으로 자주 거래를 해 줬으면 합니다. 꼭 또 와 주십시오."

"물론이죠. 필요하신 물품이 있으면 저희 다판 상회에서 꼭 오겠습니다. 웃돈만 얹어 주신다면요."

-긴급 물자 운송 퀘스트를 완벽하게 수행했습니다.
나르못 시장의 공헌도가 12.32%가 되었습니다.

혜성처럼 등장한 다판 상회!

많은 물자들을 가져와서 하벤 제국의 시장에 대량으로 공급했다.

"이 세상에 믿을 놈은 하나도 없어."

이현은 그렇게 생각하며 인터넷 사이트들을 돌아다녔다.

로열 로드의 홈페이지에서부터, 위드의 목에 걸려 있는 현상금에 대한 논의가 활발하게 이루어졌다.

-로열 로드에서 팔자를 펼 수 있는 어마어마한 금액인데요. 헤르메스 길드에서 정말 내줄까요?

-위드부터 잡고 얘기합시다.

-한밑천 톡톡하게 챙길 수 있겠네요.

-일확천금이라니… 반가운 척하다가 뒤통수를 그냥 사정없이!

"아무튼 이놈들은……."

이현은 혀를 끌끌 찼다.

아무리 헤르메스 길드에 당하더라도 그들이 엄청난 대가를 약속한다면 기꺼이 협조하는 게 또 대다수의 평범한 사람들이다.

그들을 원망할 수만은 없었다.

이현 자신이라고 해도 충분한 대가를 준다면 헤르메스 길드의 편이 되어 주었을 수도 있었을 테니까.

"그래도 사람이 의리는 있어야지."

이번에는 다크 게이머 연합에 들어가 봤다.

제목 : 다크 게이머 은퇴를 위한 최고의 기회!

위드 사냥에 참가하실 분 모집합니다. 현재 인원 240명입니다. 딱 300명까지만 받겠습니다.

제목 : 언제까지 잡템이나 모으고 퀘스트나 해서 돈을 벌 것인가. 한 방을 노리자!

요즘 장비들 시세도 떨어졌는데 우리 목돈 한번 마련해 봅시다.

"크으, 역시 이놈들도……."

현상금이 너무 막대하다 보니 모여서 이현의 캐릭터를 잡으려고 한다.

그렇다고 해도 막상 쉽게 덤벼들지는 못했다.

던전이나 사냥터에서도 만날 일 자체가 드물다.

꼼꼼하고 방심을 하지 않는 성격이다 보니 가끔 전투를 따라오는 구경꾼들에게 빈틈도 잘 보이지 않았다.

모라타와 같은 북부의 우호적인 유저들이 넘쳐 나는 대도시에서도 안심할 수 없다.

몇 명 정도로 이루어진 현상금 사냥꾼 무리는, 애써 위드를 만나더라도 카리스마에 눌려서 싸움을 못 거는 현실.

물론 덤비더라도 대부분은 반 호크와 토리도를 소환하고 함께 싸운다면 어렵지 않게 격퇴가 가능했다.

다크 게이머 중에서도 최상의 수준에 있는 유저들은 웬만하면 만나기 힘든 강자들이지만 그들의 움직임은 가볍지 않고 묵직하다. 자신들의 목숨을 걸어야 하고, 실패했을 때에는 레벨과 스킬 숙련도를 비롯해 잃는 게 많기 때문에 신중했다.

다크 게이머들의 여론도 현상금에 동요하지는 않았다.

헤르메스 길드의 독재 체제가 갖춰지게 되면 로열 로드에서 다크 게이머들의 역할도 급격하게 축소된다.

다크 게이머들은 아르펜 왕국에 정착하면서 평소에도 경제력과 모험, 기술 등에 많은 기여를 했다. 전쟁에서도 하벤 제국군의 상당수를 처리해 주었으니 그들이야말로 은근한 후원자나 다름이 없었다.

"그래도 눈에 띄게 막 돌아다니기는 훨씬 어려워지겠어. 조각 변신술이 있으니 상관은 없지만 앞으로 더욱 신중해져야겠지."

이현은 다크 게이머 연합의 정보 게시판을 세세히 분석했다.

퀘스트와 베르사 대륙의 지리, 하벤 제국 영주들의 세력까지 분석했다. 일반적인 사냥터보다도 훨씬 신중하게 결정을 내려야 했다.

"싸울 장소와 시기를 선택할 수 있다는 점은 뛰어난 장점이야. 치고 빠질 시기를 가늠하면서 조각술의 위력도 극대화시킬 수 있을 테고……."

중앙 대륙은 넓다.

가까운 지역은 와이번을 타고, 먼 곳은 그림 이동술을 통해 어디든 목표로 삼을 수가 있었다.

포르모스 성의 영주는 처음부터 의도했던 목표는 아니었지만 기회가 너무 좋았다.

그가 출정을 한 직후에 바로 계획이 수립되었고, 반란군과 네크로맨서 스킬을 이용하여 신속하게 잡아먹은 것이다.

한탕 제대로 해 먹은 상황!

"그다음으로 포르모스 성 못지않은 제물을 찾아야 해. 뭐, 경계가 늦춰질 때까지 던전 사냥을 하면서 성장을 하거나 살인자들만 암살해도 되겠지만… 상황이 어떤 식으로 바뀌게 될지 몰라. 물 들어왔을 때 노를 저어야 한다는 말은 만고의 진리지."

하벤 제국의 반란군이 진압되면 지금과 같은 황금기는 다시 오지 않을 것이다.

"큰 놈을 잡아야지. 누가 봐도 쉽게 생각할 수 없는 진짜 큰 놈을."

이현은 고민 끝에 다음 목표를 용기사 뮬의 그리폰 군단으로 결정했다.

하벤 제국군 중에서도 가장 소수 정예의 강력한 부대로 손꼽히는 그리폰 군단.

병력 숫자는 5,000에 불과하지만 소속되어 있는 강자들이 즐비했고 전략적인 가치 역시 어마어마했다.

조인족이 아직은 날파리라면, 그리폰 군단이야말로 하늘에서 쇄도하는 강철의 기사단!

모든 전투에서 불패를 자랑하는 것은 물론이고 적들을 압도적으로 섬멸해 버린 역사를 세웠다.

중앙 대륙에서도 변방에 위치한 그라디안과 네스트 왕국의 불안정한 치안을 유지하고 있는 핵심 군단이었다.

"일단 확실히 없애 놓는다면 복구하기는 힘든 병력이야. 그렇다면 상대해 볼 만하다."

다양한 꼼수들이 머릿속을 스치고 지나갔다.

물론 일을 저지르기 전에 KMC미디어에는 몰래 연락을 했다. 확실한 내용은 알려 줄 수 없지만 방송 시간을 따로 빼놓아야 한다는 요청이었다.

이현은 오랜만에 시장에 가서 장을 봤다.

"왕새우 주세요."

"몇 개나? 오늘 새벽에는 작은 건 별로 안 들어왔는데."

"큰 것으로. 가격은 조금만 신경 쓸 테니까 프라이팬을 박차고 나올 만큼 제일 싱싱한 녀석으로 주세요."

"호오, 별일이 다 있군."

수산물 상점에서는 평소 바지락과 국물용 냉동 꽃게 위주로 샀지만 오늘은 생선과 새우, 낙지 등 무려 5만원어치나 구입했다.

"해물탕 재료는 이쯤이면 됐고."

식육점에서는 한우 갈빗살과 살치살을 4만원어치나 골랐다. 돼지 삼겹살과 목살도 2만원어치를 구매했다.

식육점 주인이 걱정스러운 눈으로 이현을 봤다.

"정말 돈 주고 사는 건가?"

"네."

"집에 무슨 일이 있는 건 아니지?"

"별일은요."

"뉴스로 자네 소식을 듣는 건 아닌지 모르겠네. 마지막 만찬을 즐기고 죽었다거나……."

"……."

돈이 있더라도 맨날 꼬질꼬질한 모습으로 다녔으니 여전히 오해를 받을 만도 했다.

이현은 동네 편의점에 가면 유통기한이 막 지난 삼각김밥과 햄버거를 무료로 먹을 수 있는 VIP였다.

시장에서 물건을 사고 돈을 내는 이현의 손가락이 중증 마약중독자처럼 떨렸다.

"크으, 식사 한 끼에 이런 지출이라니……."

신선한 식재료들을 잔뜩 산 것은 서윤을 위한 저녁 식사 때문이었다.

그녀와의 관계가 깊어지기까지는 오랜 시간이 걸렸다.

서윤이 말을 하지 않았으니 오해도 하고, 또 자격지심 때문에 일부러 자신의 마음을 숨기기도 했다.

이현의 현실은 가난한 게이머에 불과했으니 끌리는 마음에 솔직해지지도 못했다.

매달 월세에 부족한 생활비, 빚쟁이들에게 쫓겨 다니던 기억은 자존심 따위는 잡아먹고 결단력까지도 흐트러지게 하기 충분했으니까.

남자의 자격지심!

그녀라면 충분히 자신보다 더 멋지고 훌륭한 남자를 만날 수 있다고 생각할 테니까.

이현은 그러나 과거와는 많이 달라졌다고 생각했다.

이젠 자신도 돈 때문에 서럽거나 남들보다 부족하다고 생각하지 않는다.

“나도 이젠 나이키 양말을 신을 수 있고, 찢어진 청바지도 살 수 있어.”

예전에는 청바지 한 벌을 가지고 봄, 여름, 가을, 겨울을 돌려 입었다.

온갖 찌든 때에 절고 해어진 청바지는 아예 무릎이 밖으로 나올 때까지 입었다.

과거처럼 200원 비싼 소금을 사서 열흘간 악몽을 꿀 일은 더 이상 없다고 생각했다.

무엇보다 쉽게 변하지 않을 그녀의 마음을 알았기 때문!

“앞으로는 재밌게 살아야지.”

이현은 저녁에 맛있는 식사를 하고 나서 그녀를 위한 이벤트로 직접 쓴 시를 읽어 줄 생각이었다.

베르사 대륙을 여행하고 조각품을 만들면서 지은 시.

시인이나 작가는 아니지만 감정에 솔직하면 그것이 훌륭한 시라고 생각했다.

내가 좋아하는 그대에게

춥고 어두운 거리를 혼자 걸었습니다
기댈 곳 없이 하루를 살아가던 나
우체국 아저씨처럼 먼저 다가와 준 너
내 삶은 방송 조명을 틀어 놓은 것처럼 밝아졌습니다

그대의 따뜻한 마음은 한겨울의 전기장판, 네 번 타는 가스보일러

내 눈은 그대를 보고 싶습니다
75인치 최신형 LED 텔레비전보다도 더 자세히
내 귀는 그대의 속삭임을 듣고 싶습니다
돌비 서라운드 홈시어터 시스템보다도 선명하게
휴대폰 음성 통화 무제한을 신청한 것처럼 매일매일

그대를 향한 이 마음은 공기청정기보다도 맑고
삼중 필터식 정수기보다도 순수하며
사이클론 진공청소기보다도 깨끗합니다

홈쇼핑 광고처럼 꾸미지 않고
블로그 맛집 과장 광고처럼 허황되지 않고
10인용 전기밥솥처럼 든든하고
가스레인지 위의 프라이팬처럼 뜨거운 이 마음으로

옛 시들처럼 감성적이고 은유적인 표현을 쓰기보다는 직설적인 표현들이었다.

아마도 대형 마트 관계자라면 특별히 좋아할 만한 시가 되리라.

이현은 아쉬운 부분도 있었다.

"조금만 수정을 할까. 대한민국은 역시 넓은 집인데……."

좋은 생활용품들을 가진 가정에서 행복하게 살고 아이까지 낳아서 기르면 그보다 더 행복할 수가 있겠는가.

이현이 두 손 가득 짐을 들고 오는데 가벼운 차림의 노신사가 개를 끌고 산책을 나온 모습이 보였다.

정득수 회장.

서윤의 아버지였다.

그 둘의 눈이 마주치고 말았다.

"아, 안녕하세요."

"어허허험!"

'곤란하다. 그녀와 지난번처럼 그냥 좋은 친구로 지내 달라고 하거나 혹은 헤어지라고 말씀하시면… 어떻게 대답하지?'

'하필이면 이놈을 여기서 만나게 되다니. 날씨가 좋다고 해서 살피지도 않고 무턱대고 산책을 나오는 게 아니었어.

대화를 나눌 준비도 없었는데. 뭐, 뭐라고 하지.'

이현과 정득수는 공원의 벤치에 앉았다.

할 말은 서로 많았지만 상황이 불편하고 애매해서 말을 꺼내기가 어려웠다.

이현은 상대가 서윤의 아버지라는 이유 때문에 마음이 무거웠다.

구체적으로 말을 하지 않더라도 뻔히 자신을 여전히 안 좋게 보고 있을 텐데 어떻게 친근하고 평범하게 먼저 말을 건넬 수가 있겠는가.

일반인도 아니고 상상하기 어려운 어마어마한 부와 권력, 명예, 지위 등을 가졌던 어려운 사람이다.

하지만 정득수에게는 과거 그룹 회장 지위로 있을 당시의 당당함이 사라진 후였다.

'앞으로는 아버님으로 모셔야 될 텐데. 앞으로 또 큰돈을 주시면서 헤어지라고 하시면 정말 곤란한데.'

'지난번에 돈을 주고 부탁했던 일을 가지고 날 비난하면 어떻게 하지? 호성 그룹이 산산조각 난 사실도 알고 있겠지?'

걱정하는 부분들이 서로 달랐다.

다만 이현은 호성 그룹의 사정에 대해서는 전혀 모르고 있었다.

호성 그룹의 경영난에 대해서 한동안 텔레비전에 떠들썩하게 나오기는 했어도 로열 로드에 빠져 있느라 바빴다.

호성 그룹의 계열사들이 완전히 부도가 나서 실직자들이 대량으로 나온 것도 아니고, 일시적인 자금난이라서 은행의 자금 지원으로 빠르게 수습이 되었던 것이다.

'그녀랑 만나는 것도 모르고 계시는 건 아니겠지? 지난번에 대지의 궁전 전투에서 봤던 그 상인분이 맞냐고 물어보고도 싶은데.'

'이놈이 로열 로드에서 그 정도의 입지를 다졌다니. 방송도 그렇게 자주 출연할 줄은 몰랐어. 지난번에는 내가 너무 무시했던 게 아닐까. 아… 그때 대지의 궁전에서 잠깐이었는데 날 보고 기억하고 있는 것은 아닐 테지? 그렇게 눈썰미가 좋진 않을 거야. 틀림없이 그래야만 해.'

이현과 정득수는 무려 30분이 넘게 눈치만 보며 그 자리에 앉아 있었다.

짹짹짹!

참새와 비둘기가 공원을 지나다니고, 학교가 끝났는지 어린아이들이 책가방을 메고 뛰어갔다.

어떤 말도 꺼내기 힘든 어려움!

서윤과, 남자의 체면이 걸려 있는 문제이기 때문에 더욱 양쪽 모두 곤란했다.

정득수의 입장에서는 더욱 껄끄러운 측면이 많았다.

이현에게 헤어져 달라고 말을 했던 건 딸을 걱정하는 마음이 커서 저질렀던 일이다.

냉정하게 말해서 아버지의 입장에서 하나밖에 없는 예쁘고 귀한 딸이 좋은 남자들을 다 놔두고 평범한 이현을 만나는 건 아깝다고 생각했으니까.

여전히 그 생각은 마찬가지였지만, 바로 근처에서 살면서 이현에 대한 평판을 제법 들었다.

집을 계약하던 당시에 부동산 중개소에서부터 이미 이현에 대해 들어서 알고 있었다.

"어떤 놈입니까?"

"잔머리가 여간이 아니죠. 보통 그 나이에는 돈이 있더라도 술 먹고 놀기 마련인데… 재테크에 관심이 정말 많아요. 벌써 이 근처에 땅도 제법 사 놨습니다."

"예에?"

"저쪽 공원 아래의 땅이 1,500평방미터는 될 걸요. 당장은 아니더라도 한 20년 후에 재개발이라도 들어가면 엄청나겠죠. 아파트는 돈이 안 된다고 안 샀지만… 급매로 나온 상가도 두 채나 매입을 했습니다. 그쪽으로 지하철역이 들어온다는 이야기가 있거든요. 저보다도 빨리 움직였더라고요."

땅 투기의 달인!

우유 배달, 신문 배달을 하면서도 장래에 돈을 벌면 사야 할 땅들을 미리 점찍어 놓았다. 그리고 발 빠르게 움직였던 것이다.

동네 슈퍼나 기사 식당에서도 이현에 대해 물어보았다.

"그 청년이라면… 왜 물어보시는 건지는 모르겠지만, 후… 우리 애가 고등학교 때 사고를 치고 다닐 때 안 좋은 일로 엮인 적이 있지요."

"무슨 일이었습니까?"

"아들놈이 오토바이를 타고 그 청년 여동생을 자꾸 쫓아다녔는데 말입니다."

"그랬는데요?"

"걸려서 작살이 났지요. 팔다리가 몽땅 부러져서 오더니, 그렇게 말을 안 듣던 애가 정신을 차리고 가게 일도 잘 도와주게 되었습지요."

"…가만히 계셨습니까?"

"그때야 뭐 내놓은 자식이었으니까. 그리고 그 청년이 동네에 모르는 사람이 없을 정도로 발이 넓어서 함부로 대할 수가 없었어요. 지금은 이 동네에서 계속 살려면 꿈에도 그런 생각 못 합니다."

막걸리를 마시고 있던 동네 노인들조차도 이현에 대한 험담을 못 했다.

"훌륭한 청년이지, 암……."

"부지런하고 좋은 청년이야. 남자라면 그래야 하지 않겠는가."

노인들마저도 이현의 영향력을 벗어나지 못한 것이다.

동네에서 오래 살다 보면 주변의 이목이나 구설수를 신경 쓰지 않을 수가 없다.

그런데 이현의 할머니가 소싯적에 워낙 말을 잘했고 억척스러웠다.

게다가 최근에 말이 많은 노인 중에 몇 명은 이현으로부터 명절 때마다 떡값이라고 받아 챙기는 돈이 있었다.

철저한 매수를 기반으로 하여, 젊은 나이임에도 불구하고 동네 유지나 마찬가지였다.

방송에도 자주 나오고 은근히 알부자라는 소문까지 퍼지면서 인심을 휘어잡았다.

'무서운 놈이야. 정치인의 기질이 있어. 그래도 딸의 남자친구에게 이끌려 다녀서는 안 되지.'

정득수는 서윤과의 교제는 허락하기로 결정을 내렸다. 서글픈 일이지만, 아빠라고 반대를 하기에는 서윤과의 관계가 그렇게 친하지 않다.

서윤의 표정도 아주 밝아졌으니 반대할 명분도 없었다.

'그냥 친구로만 지냈으면 좋았으련만. 요즘 세상에 연애 한두 번 하는 정도야 흠도 아니니까. 나중에 진짜 멋진 남자를 만나서 결혼을 해도 늦지 않지.'

정득수는 연장자인 만큼 본인이 먼저 말을 꺼냈다.

"내 딸과는 잘 지내고 있는가?"

"예. 말씀을 따르지 않아서 죄송합니다."

"아닐세. 돈으로 막으려고 한 내 잘못도 있지. 두 사람의 감정을 억지로 떼어 놓으려고 한 건 내 실수였어."

"괜찮습니다. 아버님의 입장도 충분히 이해하고 있습니다."

또다시 한동안 침묵.

정득수의 눈길이 이현이 들고 온 장바구니들로 향했다.

"시장에 다녀온 것 같은데."

"예. 저녁거리를 좀 준비해 왔습니다."

"해산물을 꽤 많이 사 왔군."

"서윤이 해물탕을 좋아해서요. 저녁 음식으로 차려 보려고 합니다."

"저녁을 같이 먹는가?"

"네."

"뭐라고! 외식도 아니고 한집에서? 단둘이?"

"그, 그런데요. 꼭 둘만 먹는 건 아니고 여동생도 가끔 같이 먹기는 합니다."

다시 한동안 침묵.

못마땅하더라도 다 큰 딸자식이니 연애에 대해서는 자세히 참견하기도 어렵다.

얼마나 쫀쫀하고 촌스럽게 보이겠는가.

그렇지만 섭섭하고 서운한 기분은 들었다.

이현이 그 감정을 알아차렸는지 조심스럽게 말했다.

"정 신경 쓰이시면 저녁 약속을 취소할까요?"

"아닐세. 요즘 세상에 밥 한 끼 먹는 거 가지고 그렇게 할 필요야 조금도 없지. 내가 그렇게 남녀 관계에 대해서 시대에 뒤떨어지는 사람으로 보이는가?"

"당연히 아닙니다."

"신경 쓰지 말게."

"그러면 저기… 음식은 충분할 텐데 저녁을 같이 드시겠습니까?"

정득수는 정말 함께 저녁을 먹고 싶었다.

눈에 넣어도 아프지 않을 딸과 그 남자 친구와 함께 먹는 저녁 식사.

딸을 가진 부모라면 누구나 원하는 자리일 것이다.

이현이나 서윤의 집 마당은 넓기도 했으니 고기를 구워 먹으면서 저녁 내내 이야기꽃을 활짝 피울 수도 있었다.

넓고 화려해도 삭막한 자신의 집으로 돌아가면 할 일이 없었다. 그룹 회장으로 바쁘게 살아가던 때와는 달리 지금은 부르거나 찾아오는 친구도 없다.

집에서는 혼자서 로열 로드에 접속하는 쓸쓸한 생활이 이어지고 있었다.

"음, 난 밥은 이미 먹었군."

"그러셨습니까. 아쉽지만 어쩔 수 없군요."

"커허험!"

정득수는 크게 헛기침을 했다.

'이 눈치도 없고 멍청한 자식아! 기본 예의도 모르냐. 사람

이 사양을 하더라도 두 번은 제의를 해야 할 것 아니야.'

그래도 딸과도 정답고 살가운 사이는 아니라서 갑작스러운 자리가 부담스럽기는 했다.

정득수가 그룹 회장을 괜히 한 것은 아니라서 그의 머리도 비상하게 돌아갔다.

'이놈과 친해져야 되겠군. 사윗감으로는 터무니없지만 딸과의 관계 개선을 위해서 이용해 먹을 수 있겠어. 차차 시간을 두고… 후후후.'

그때 이현이 말했다.

"근데 로열 로드에서 뵌 것 같은데… 상인 복장을 하고 계시지 않았습니까?"

"설마……. 난 자네를 만난 기억이 나지 않는데. 허허허. 무슨 소릴 하는 건지 모르겠군."

"너무 똑같으셔서요. 턱살과 배가 조금 더 나오긴 하셨지만."

"농담도 잘하는군. 내가 그런 가벼운 농담이 통할 사람으로 보이는가?"

"물론 아니라고 생각했습니다."

정득수의 등에서 식은땀이 났다. 회사에서 쫓겨날 때에도 이처럼 긴장하지는 않았다. 그렇지만 지금 걸려 있는 체면이란 값을 환산할 수 없을 정도였다.

로열 로드에서 상인 바트와 전쟁의 신 위드는 비교가 불가능할 정도의 차이가 있다.

남자의 체면이란 정말 사소한 부분에서도 엄청난 무게를 가지는 미묘하고 복잡한 것이었다.

"젊은 친구가 벌써 눈이 어두운 모양이군. 절대 내가 아니네."

"아, 그렇겠죠. 역시 상인의 연미복은 유행에 뒤떨어지는 복장이라서요. 회계 스킬의 적용은 높은 편이지만 행운이 떨어져서 초보자들에게는 실제 거래 성공 가능성이……."

"가능성이 어떻게 되는데? 아, 그래서 자꾸 흥정을 실패하고 있었나. 이렇게 억울한 일이!"

"……."

"……."

이현과 정득수는 거의 동시에 공원으로 시선을 돌렸다.

'역시 맞았구나.'

'아니, 이놈이?'

위드는 로열 로드에 접속했다.

목표물은 용기사 뮬과 그리폰 군단!

"다른 먹잇감도 많지만 이때쯤이면 제대로 된 진수성찬을 건드려 볼 때도 되었지."

명문 길드들을 건드려 본 경험으로 인해 그들의 속성을 알고 있었다.

'몇 번 타격을 입었으니까 지금쯤이면 온갖 곳에 날 잡을 함정을 만들어 놓고 있겠지?'

위드가 습격할 가능성이 가장 높은 지역에는 헤르메스 길드의 유저들이 대거 잠복해 있을 것이다. 이른바 쥐덫을 놓고 기다리다가 위드가 찾아오면 대대적인 공격을 가하려는 것이다.

라페이의 꼼수 정도는 당연히 이쪽에서도 간파를 했다.

유명한 던전들의 구석에 외부에 알리지 않은 채 고레벨 유저들 몇십 명이 숨어 있다가 공격을 가한다면 목숨이 위태로워진다.

중앙 대륙을 활보하는 대가로 치러야 하는 극단적인 위험을 언제나 감수해야 한다.

위드는 이럴 때일수록 발상의 전환을 했다.

'분명히 여러 곳에서 기다리고 있겠지. 나만 잡을 수 있다면 얻을 수 있는 이익이 매우 크니까. 그렇지만 오히려 절대 나타나지 않을 장소들을 습격한다면, 거기는 비어 있을 수밖에 없겠지?'

위드가 공격하지 않을 거라 생각될 정도로 거의 알려지지 않은 장소나 가치가 적은 지역을 목표로 삼으면 된다. 한동안 북부 지역에서 사냥이나 퀘스트에 전념할 수도 있었다.

그렇지만 드래곤을 만나야 하는 퀘스트 기한이 이젠 이레도 남지 않았다.

간단한 물품 운송으로 끝나는 퀘스트일 수도 있지만 그렇지 않을 경우도 생각해서 큰 목표를 삼을 수도 있었다.

'용기사 뮬이라면 제물로 충분하지. 그마저 피해를 입히게 된다면 헤르메스 길드도 대대적으로 위축될 거야.'

어디서 무엇을 하더라도 위드를 의식하지 않을 수가 없다. 사냥을 하면서도, 반란군을 무찌르거나 퀘스트를 하면서도 완전히 자유롭지는 못하게 된다.

작은 이익이 모여서 큰 결실을 낳는다.

헤르메스 길드의 절대적인 강함에 대한 인식을 꺾어 놓는다는 점에서도 이익이었지만, 전체적인 실익도 고려해야 했다.

포르모스 성의 영주 데커드에 이어 용기사 뮬이라면, 더할 나위 없는 최고의 제물.

헤르메스 길드에서 미처 대비할 생각도 하지 못하는 목표를 잡는 게 이점이었다.

"하벤 제국에서도 최정예 군단. 그리고 용기사 뮬은 개인적인 능력도 엄청나다고 알려져 있지. 그리폰 부대인 만큼 어지간한 함정으로는 잡기도 어려워. 그렇지만 빈틈이 없다고 여길 테니 대비도 취약할 거야. 승부를 걸어 보기에는 재미가 있겠군."

위드는 유린을 통해서 그라디안 왕국으로 이동했다.

산과 숲이 끝을 모르는 바다처럼 펼쳐져 있는 대자연의 그라디안 왕국.

엘프들과 온갖 희귀한 특성을 가진 이종족들도 많았다.

환경적인 특성 때문에 성과 도시를 기반으로 자리 잡은 세력보다는 일찍이 블랙소드 용병단이 장악했던 왕국이기도 했다.

"정면 승부는 계속 피해라. 게릴라전을 유지하면서… 제국에 끊임없이 피해를 가하자."

블랙소드 용병단의 단장 미헬은 휘하 부대에 명령을 내렸다.

하벤 제국의 영토가 된 그라디안 왕국과 네스트 왕국의 땅을 되찾을 생각은 깨끗하게 포기했다. 대신 약탈을 통해서 물자를 차지하고, 군대에 피해를 주었다.

하벤 제국의 군대를 약화시키다 보면 언젠가는 기회가 찾아올 수도 있다는 생각.

블랙소드 용병단은 자유 용병들로 구성되어 있는 만큼 하벤 제국의 박해에도 불구하고 세력이 절반 이상 보존되어 있었다.

그런데 블랙소드 용병단의 비밀 지부에 있는 미헬에게 편지 한 통이 도착했다.

"전쟁의 신 위드?"

흑사자 길드 칼리스를 통해서 받은 편지였다.

위드는 포르모스 성에서 대활약을 하면서 흑사자 길드 유저도 만나게 되었고, 그들을 통해서 미헬에게 편지를 썼던 것이다.

밀봉된 봉투가 훼손되지 않도록 조심스럽게 뜯어 보니 엄청난 악필로 쓰인 내용이 있었다.

보름달이 뜨는 날.

전군을 이끌고 노드 그라페 침공해.

뮬은 내가 찜.

워낙 짧아, 한번 슥 훑어보니 끝이었다. 하지만 이해가 잘 되지 않았다.

"이것은… 암호인가?"

편지를 뒤집어서 보기도 하고 문장들을 띄엄띄엄 읽기도 했다. 심지어는 물에 담가 보거나 태워 볼까도 고민을 했지만 그렇게까지 하진 않았다.

"블랙소드 용병단의 전 병력이 애들 칼싸움을 하자는 것도 아니고……."

위드 하나만 믿고 덤벼들자니 너무 황당한 일이 아닌가.

미헬은 편지를 가져온 흑사자 길드의 유저 헤겔을 향해 물었다.

"위드가 이 편지를 보낸 게 틀림없겠지요?"

"예, 맞다니까요. 아, 거 의심도 많으시긴."

"편지가 헤르메스 길드의 역공작일 수도 있어서 말입니다."

헤겔은 가소롭다는 듯이 웃었다.

"훗, 위드 형은 내가 개인적으로 잘 아는 사람입니다. 거의 친형이나 마찬가지일 정도의 사이니까 염려를 놓으시죠."

"으음, 그렇다면야 믿을 수는 있겠지요."

헤겔은 흑사자 길드에서 나름 단단한 입지를 가지고 있었다.

이런 일은 아는 사람이 적을수록 좋다.

흑사자 길드의 칼리스 역시 위드의 편지라고 직접 보증을 했으니 확실할 것이다.

헤겔이 고개를 갸웃하다가 물었다.

"근데 정말 위드 형의 편지대로 노드 그라페를 침공하실 겁니까? 그거 성공하기 힘들 텐데요."

절벽 위에 세워진 성채 노드 그라페!

그라디안 왕궁의 수도 버겐 성의 북쪽에 자리를 잡고 있으며 현재는 이 지역을 다스리는 총독부의 역할을 한다.

하벤 제국군의 병력이 대거 배치되어 있는 것은 물론이고 그 자체로 대단한 요새였다.

블랙소드 용병단이 그라디안 왕국을 정복할 당시에도 노드 그라페 때문에 애를 먹었으며, 하벤 제국에 빼앗길 때에도 나흘이나 버틸 수 있었다.

지금은 그라디안의 치안이 불안정해져서 상당한 병력이 빠져나갔다고 하지만 그래도 습격한다는 것은 무모해 보였다.

미헬도 속으로는 터무니없다고 생각했다.

'어떤 사전 설명도 없고, 전후 처리에 대한 논의조차도 없이 전쟁을 벌여?'

이런 큰 제안을 해 올 거라면 얼마나 합리적인 계획인지도 설득을 해 줘야 할 게 아닌가!

목숨을 걸어야 하는 블랙소드 용병단의 입장에서는 당연히 거절해야 마땅한 제안이라고 할 수 있었다.

'이건 아니야.'

미헬은 그러나 마음만큼은 계속 노드 그라페를 공격하는 쪽으로 끌렸다.

헤르메스 길드가 쌓아 올린 업적들은 자신이나, 과거의 다른 명문 길드들만으로는 무너뜨릴 수 없다.

지금까지 그것이 가능했던 유일한 사람은 위드였다.

위드가 나설 때마다 헤르메스 길드는 참패를 면치 못하였으니 그의 의견이나 생각이라는 사실만으로도 존중할 가치는 충분했다.

'그러고 보니 말보다는 행동이 아닌가. 이런 사람이야말로 믿을 수 있지. 위드가 헤르메스 길드와 결탁했다는 건 최근의 상황을 봐서는 절대로 불가한 일이고.'

생각은 계속 이어졌다.

'헤르메스 길드는 너무 강하다. 그들을 지금 내가 물리칠 수는 없어. 근거지를 갖지도 못할 테지. 게릴라전으로 피해를 입히더라도 이 방식이 언제까지 갈 수 있을까. 기회. 그래, 내가 한 번쯤은 오게 될지 모른다고 생각했던 기회가 아닐까.'

미헬은 반신반의하고 있는 헤겔에게 고개를 끄떡였다.

"물론 우린 침공할 것이네."

"정말로요? 어떻게 그런 결단을 내리셨는지 이유를 좀 들을 수 있을까요?"

미헬은 물끄러미 위드의 짤막한 편지를 다시 보았다.

무언가를 알 수 있을 것 같은 느낌이 났다.

위드는 자신이 올바른 판단을 하리라 믿고 있었다. 그렇기에 여러 설득이나 사족을 달지 않더라도 충분하다고 본 것 아닐까.

뮬을 자신이 책임진다는 말에도 확실한 자신감이 드러났다.

"자네도 큰 집단을 이끌게 되면 느끼게 될 날이 오겠지. 보통 사람과는 다르게 생각하고 살게 된다는 것을 말이야."

미헬의 강렬한 눈빛이 헤겔을 향했다.

내내 블랙소드 용병단에 대해 무시하고 있던 헤겔이었다. 위드와의 약간의 친분, 흑사자 길드에서도 요직에 오른 자신의 입지 때문에 미헬조차도 대단해 보이지 않았다.

하지만 이 순간만큼은 정중하게 고개를 숙였다.

"무슨 뜻인지 조금이나마 알겠습니다."

"알아줘서 고맙군. 자네 역시 계속 성장을 한다면 언젠가 어깨를 같이할 날이 있을 걸세."

위드는 블랙소드 용병단에 편지를 보내 놓고도 그 사실에 대해서는 중요하게 생각하지 않았다.

"설마 걔들이 오겠어? 바보도 아니고 말이야."

블랙소드 용병단에 편지가 무사히 전달이 될 수 있을지도 의문이었고, 또 그들을 설득할 자신도 없었다.

무엇무엇을 해 줄 테니 대신 이러이러하게 행동해 달라.

우리는 반드시 승리를 거둘 수 있다.

그리폰 군단을 상대로 싸우면서 구체적인 행동 계획을 세우거나 승리에 대한 장담을 하기란 불가능했다.

그리폰 군단 입장에서야 불리해지면 날개를 펼치고 날아가서 지원군을 왕창 데리고 돌아오면 되는 것이다.

최대한 상황에 맞춰 가면서 하벤 제국에 피해를 주고, 용기사 뮬은 가능한 자신이 해치워야 한다.

위드는 인터넷을 통해 뮬이 착용하고 있는 장비들에 대한 견적 조사를 끝냈다.

“드래곤의 수염이 달린 투구에 사파이어 999개를 박아 놓은 갑옷이라고? 봉인된 선더 스피어는 원거리 공격이 가능하며 아직 제 성능도 다 드러내지 않고 있다고?”

머리끝에서 발끝까지 보물 아닌 것들이 없었다.

검과 방패, 장거리 공격을 위해 쓰는 하이 엘프의 활 등 그 무엇이든 경매에 나온다면 최고 가격에 팔릴 만했다.

그리폰을 타고 전투를 치르는 용기사이기 때문에 레인저들처럼 다양한 장비들을 최고의 것들로 소유하고 있었다.

“대외적으로만 해도 이쯤이란 거고, 꿍쳐 놓은 장비는 더 있겠지?”

용기사 뮬도 항상 살인자의 신세.

목숨을 잃으면 좋은 장비들을 한두 가지는 떨어뜨릴 확률이 높다.

“무조건 쳐야지. 인건비는 충분히 나오겠군.”

그가 부자라면 위드를 움직이게 만들 명분은 충분했다.

“그러면 보름날에 공격을 해야지.”

반란군을 만나서 보름달이 뜨는 날 소란을 피워 달라고 부탁을 했다.

블랙소드 용병단에는, 제의는 했지만 설마 움직여 주리라고 기대하지는 않았다.

위드의 계획도 비교적 단순한 편이었다.

'습격을 하고 상황을 봐서 해치우자! 그리고 보물만 무조건 챙기면 돼.'

블랙소드 용병단에서 기대하고 있을 상대를 압도하는 탁월한 군사전략보다는, 강도의 속마음에 가까웠다.

마침내 보름달이 떠오른 날.

"반란군을 모두 처형하라!"

그라디안 지역에서 발생한 대대적인 반란!

주민들의 집단 봉기에 맞서서 하벤 제국군은 전투에 돌입했다.

도시와 마을마다 일제히 일어난 반란군.

물의 그리폰 군단도 노드 그라페에서 날아올라 각 도시들을 지원하기 위하여 흩어졌다.

어두운 숲 속에서 땅을 파고 몸을 숨기고 있던 블랙소드 용병단원들은 쾌재를 불렀다.

"음, 엄청나군. 이런 준비를 했으리라고는……."

일선의 용병단장들이 감탄했다.

미헬이 측근들을 향해 말했다.

"위드의 머릿속에는 이 전투의 구상이 시작에서부터 끝까지 다 그려져 있을 것이다. 우리가 할 일은 성문을 넘으면 끝이 나 버릴지도……."

"그러면 곤란하지 않습니까?"

"맞습니다. 노드 그라페를 되찾는 역할은 어디까지나 우리가 맡아야 됩니다. 그래야만 그라디안 왕국에 대한 권리를 주장할 수 있습니다."

"나 역시 그렇게 생각한다. 위드는 어쩌면 이 왕국을 교두보로 삼아서 부하를 모아 중앙 대륙에서 하벤 제국에 대항하게 될지도 모르지."

"오오, 그런 엄청난 계획이……."

"위드도 놀랍지만, 미리 간파하신 미헬 님이 더 대단하십니다."

"음, 어쨌든 상황이 어떻게 변할지 모르니 무슨 수를 써서라도 노드 그라페는 우리가 차지한다."

그라디안 왕국은 험한 지형과 중앙 대륙에서도 가장 서쪽이라는 입지 때문에 대군을 방어하기에 유리하다.

미헬과 용병단장들은 그 점을 감안하여 자신들이 적극적으로 이 전투의 주역을 맡기로 했다.

'위드가 중앙 대륙의 수많은 성들을 놔두고 괜히 이곳으로 뛰어든 건 아니겠지.'

'전쟁의 신. 정말 비범한 전략이다. 하지만 우리 역시 너의 생각 정도는 읽고 있다. 호락호락하게 들러리 역할을 해 줄 것 같으냐?'

'왕좌는 기필코 우리가 먹는다.'

블랙소드 용병단은 침묵을 유지한 채로 수풀 속에서 조금씩 기어 나왔다.

노드 그라페에서 떠난 병력이 충분히 멀어질 때까지!

약 1시간이 지나고 나서 용병들은 숲과 땅속에서 몸을 일으켰다.

노드 그라페의 성벽은 높이만 해도 40미터에 달했다.

몰래 공성 무기도 준비해 오지 못한 이상 함락시키기가 어려울 것 같았지만, 그들은 성의 구석구석을 파악하고 있었다.

"하수구 침투조 확인."

"벌써 주방에 자리를 잡았답니다."

"남쪽 계곡은?"

"비상 통로를 이용해서 80명이 진입했습니다."

"좋다. 계속 그쪽으로 병력을 투입하고, 신호를 보내면 한꺼번에 들이친다!"

"옛!"

붉은 신호탄이 노드 그라페의 상공에서 넓게 작렬했다.

"우와아아앗! 하벤 제국 놈들을 모조리 쓸어버려라."

"블랙소드 용병단이 돌아왔다. 모두 목을 내밀어랏!"

"워리어 1급 전사 뭉게가 선두를 맡는다. 나를 따르라!"

한밤의 공성전!

블랙소드 용병단이 공격을 개시하면서 노드 그라페의 탑과 성문, 성벽에는 마법 등불이 환하게 켜졌다.

마치 기다리고 있었던 듯이 하벤 제국의 궁병들이 곧바로 대응사격에 나서면서 전투가 벌어졌다.

The Legendary Moonlight Sculptor

용기사 물의 특별한 그리폰

The Legendary Moonlight Sculptor

"으아아악!"

"놈들이 멍청하게도 죽을 자리를 찾아왔구낫! 용병단 놈들을 깨끗하게 청소해 주자."

쨍그랑!

쿠르르르릉!

위드는 노드 그라페의 성 내부에 잠입해 있었다.

외부에서 격렬한 전투가 벌어지면서 유리창이 마법의 여파나 화살에 맞아서 깨지고, 성채가 조금씩 흔들렸다.

'소리나 전투 규모로 봐서는… 블랙소드 용병단의 거의 전 전력이 온 모양인데. 이건 뭐 말을 잘 들어줘도 너무 잘 듣는 거 아니야?'

위화감이 느껴질 정도로 원활한 진행이었다.

그렇다고 해서 헤르메스 길드에서 특별히 이상한 점 같은 걸 느끼기는 어려울 것이다.

'블랙소드 용병단이 위장 역할을 제대로 해 주겠군.'

반란이 일어나서 전력이 빠져나갔던 사정 역시 블랙소드 용병단의 음모라고 생각하리라.

위드가 이미 그라디안 지역을 관장하는 총독부까지 잠입해 있을 거란 생각은 아무도 할 수 없을 테니까.

위드가 머리를 꼿꼿이 들고 생각에 잠겨 있자, 근처에 있던 그리폰 암컷들이 엉덩이를 뒤뚱거리면서 접근해 왔다.

구우우우우.

꾸우. 꾸우우우우!

친근하게 머리를 비비거나, 얼굴 앞에 엉덩이를 높게 들이밀었다.

명백하게 텔레비전에서 어린아이들이 시청해서는 안 될 금지된 무엇인가를 바라는 태도!

위드는 크게 소리를 질렀다.

"캬악!"

그러자 눈치를 보며 잽싸게 피해 서는 그리폰 암컷들!

꿰애애애앵.

그러나 암컷들은 포기하지 않고 계속 슬픈 구애의 눈빛을 보냈다.

와이번보다 체구는 조금 작지만 그리폰 역시 포악하고 흉폭한 성질을 가진 하늘의 맹수들이었다.

위드는 현재 인간의 모습으로 정문을 통해 노드 그라페 성채로 들어온 것이 아니었다.

바로 수컷 그리폰!

조각 변신술로 눈가와 옆구리에 흉터도 있는 포악한 야성 수컷 그리폰의 형태를 하고 노드 그라페 성채의 그리폰 둥지에 와 있었던 것이다.

크으응!

영향력을 빼앗긴 수컷 그리폰들은 이를 갈면서도 구석으로 물러났다.

처음에 위드가 등장했을 때는 수컷 그리폰들이 서열 정리를 하려고 했다.

캬핫!

덩치를 키우기 위해 날개를 펼쳐서 위협하며 바싹 엎드리라고 경고를 했다.

그러나 위드가 고작해야 그리폰들에게 고개를 숙일 리가 만무하다.

사정없는 날갯짓 불꽃 싸대기와 부리로 정수리 쪼아 대기에 감히 대항할 수 있는 놈은 없었다. 그 후에 쓰러진 수컷 그리폰들을 상대로 날아차기, 옆차기, 돌려차기, 내려찍기의 4단 연속 공격을 마구 작렬시키는 광경에 기가 죽어 버린 것이다.

반면에 암컷들은 강하고 진한 수컷의 냄새를 맡고 계속 호시탐탐 노리고 있는 것이며.

'젠장. 너무 완벽하게 조각을 하고 말았나? 카리취처럼 멋진 외모를 갖춘 게 틀림없어.'

위드는 와이번을 조각한 이후로 비행 생명체의 구체적인 특성을 조금 알게 되었다. 그리폰에 대해서도 생김새를 잘 아는 편이었다. 슬레이언 부족으로부터 조각 생명체 아르닌을 구출할 당시 샤벨타이거와 그리핀도 같이 있었던 것이다.

그리핀이나 그리폰은 지역마다 부르는 이름은 조금씩 달라도 거의 비슷한 종족이었다.

위드는 그 점을 참고하여 거만하고 야성적인 눈빛과 황금빛 갈기를 가진 그리폰의 모습으로 변신했다.

암컷들이 다시 슬금슬금 다가올 때였다.

"크아아아앙!"

위드의 크게 벌린 주둥이에서 중저음의 거친 포효 소리가 터져 나왔다.

암컷들은 서둘러서 도망쳤지만 그 목소리에도 반한 기색이 역력했다.

'젠장, 이놈의 인기. 이러다가는 암컷 그리폰들에게 몹쓸 짓을 당하고 말겠어.'

위드는 빨리 기회가 오기만을 기다렸다.

용기사 뮬의 그리폰 기사단은 총 5,000.

반란군을 격퇴하기 위하여 3,500 정도의 그리폰 기사들이 출동했다.

1,500의 병력이 만일의 사태에 대비해서 남았으며, 뮬도 아직 출정하지 않았다.

블랙소드 용병단이 공격을 개시하자 기다렸다는 듯이 대응에 나선 걸로 봐서는 대비를 철저히 하고 있었던 것이 틀림없다.

"적들이 몰려왔다. 전군 출격 준비!"

그리폰 둥지가 있는 장소로 1,000명의 기사들이 올라왔다.

기사들은 익숙하게 자신의 그리폰을 타고 장비를 점검했다.

긴 창과 활, 검을 든 그리폰 라이더들!

번뜩이는 멋진 무장을 착용하고 있었을 뿐만 아니라, 그리폰의 몸체에도 공격 마법을 막아 내는 특별한 갑옷을 입혔다.

"250기씩 나눠서 강습한다."

"옛!"

"모쪼록 마련된 풍성한 사냥 기회를 충분히 누리도록 하자. 적들 중에는 무시 못 할 자들도 있으니 지상 가까운 곳까지 내려가서 욕심을 부리다가 사로잡히는 멍청한 짓은 하지 말도록."

"물론입니다."

그리폰 부대가 날개를 활짝 펼치며 탑의 입구로 빠져나갔다.

블랙소드 용병단의 마지막 전력이 꽤 상당하다고 해도, 그리폰 부대에게는 사냥감으로밖에 보이지 않는 듯했다.

위드도 와이번을 타고 있으면 지상에 돌아다니는 모든 생명체들을 쉽게 잡을 수 있을 것처럼 느껴졌다.

실제로 하늘을 빠르게 날아다닐 수 있고, 활을 가지고 있으면 사냥이 쉬워지기는 했다. 물론 특별한 능력을 가진 아주 거대한 보스급 몬스터들 같은 경우에는 화살 수십 발 정도에는 꿈쩍도 하지 않았지만.

'뮬은 아직도 안 나오는 모양이군.'

위드는 조금씩 초조함을 느꼈다.

반란군이든 블랙소드 용병단이든 상대를 하러 용기사 뮬이 나와야 기회가 생긴다. 성채 내부의 깊은 곳에서 그냥 지켜보고만 있는다면 습격할 기회를 놓치게 된다.

또 다른 기회를 만들 수 없는 것은 아니지만 두 번째, 세 번째에는 가능성이 더욱 떨어질 것이다.

위드가 혼자서 노드 그라페 내부로 잠입하여 모든 기사들을 해치울 수는 없는 것이다.

'상황이… 블랙소드 용병단이 버텨 줘야 하는데.'

부서지는 소리와 폭발음을 통해서 외부의 전투가 어떻게 진행되고 있는지에 대해서는 대충 짐작할 수 있었다.

블랙소드 용병단에서는 위드와의 협력, 차후의 왕국 통치 계획까지 염두에 두고 잔존 병력을 전부 끌고 나왔다. 가진 힘을 총동원하여서 총독부의 군대와 격렬하게 싸우고 있는 것이다.

위드의 편지 한 통이 초래한 뜻밖의 전개.

마침내 그리폰의 둥지로 용기사 뮬과 다른 그리폰 라이더 400명이 올라왔다.

"성 내부의 침입은 모두 격퇴되었다. 그러나 아직 안심할 수 없다. 제국의 골칫덩이들이 제 발로 등장해 주었으니 이번 전투는 전멸을 목적으로 최선을 다한다. 놈들 중에서 중요 인물들은 도망치면 끝까지 추격해서라도 반드시 사살하라."

"옛!"

"하벤 제국에 덤비는 게 얼마나 무모한 짓인지 가르쳐 주자. 탑승!"

기사들이 자신의 그리폰을 찾아서 탑승했다.

'아마 100명은 최후로 남은 예비 병력이겠군.'

위드는 독수리의 머리를 치켜든 채로 위풍당당하게 섰다.

용기사 뮬이 출격을 하면 지상의 블랙소드 용병단과 전투가 벌어지게 될 것이다. 그때 습격을 해서 뮬과 공중전을 치열하게 펼쳐야 했다.

이미 조각 파괴술을 써서 모든 예술 스텟을 민첩으로 높여 놓았다. 화려한 공중전을 대비한 출격 준비 완료였다.

“호오, 이 그리폰은 생김새가 아주 기가 막히는구나.”

뮬은 자신의 그리폰을 찾다가 위드가 먼저 눈에 띄었는지 발길을 돌려서 다가왔다.

그의 전속 그리폰은 이곳의 대장이었으나, 불행히도 위드에게 사정없이 두들겨 맞아서 구석에서 쪼그려 앉아 있었다.

“수컷 그리폰 중에서도 이렇게 크고 멋지게 생긴 녀석은 처음 본다. 언제 이런 녀석까지 포획했던 것이지? 그리폰 체포조의 활약이 대단했던 것 같군.”

뮬은 마음에 들었다는 듯이 위드의 입을 열어서 이빨을 확인해 보거나, 어깨와 날개의 근육을 확인하기 위해 손가락을 깃털 사이로 깊숙하게 찔러 넣었다.

정체를 발각당할 경우를 대비해서 조각 변신술을 꼼꼼하게 펼쳤기 때문에 어지간한 부위들에서는 이상한 점을 발견하지 못한다.

‘훗, 아무리 봐도 날 파악하지 못할걸.’

그러나 뮬의 은근한 손길이 엉덩이 부근으로 향할 때는 눈앞에 아찔한 긴장감이 느껴졌다.

다행히 튼실한 뒷다리를 만지는 것으로 탐색은 끝났다.

“이 그리폰은 대단한 육체를 가지고 있군. 체포조 중에 누가 이런 공을 세웠을까?”

위드 혼자서 그냥 둥지로 날아 들어온 것이지만, 그리폰의 행세를 하고 있는 상황에서 뭐라고 변명을 할 수 있겠는가.

하지만 지금은 전투가 벌어지고 있는 긴급한 상황이었으며 뮬은 이곳을 지배하는 권력자였다. 그의 곁에는 이 상황을 설명해 줄 아부꾼들이 붙어 있었다.

"둥지 내에서 부화를 했다가 멀리 떠나서 성장을 한 후에 돌아왔을 수도 있습니다."

"최근에는 자유 그리폰들도 외부에서 들어옵니다. 뮬 대장님의 명성이 그리폰들에게 알려졌기 때문이겠지요."

물론 그 설명은 맞거나 말거나 관계없다. 목적은 어디까지나 뮬의 기분을 좋게 만드는 것이었으니까.

"음, 그리폰에 대한 대우를 계속 좋게 해 준 보람이 있군. 오늘은 이 그리폰에 타겠다."

"정말이십니까? 전속 그리폰보다는 전투력이 아무래도 떨어질 텐데요."

"블랙소드 용병단에서 성채를 함락시키기란 불가능하지. 놈들은 반란군의 준동을 기회로 보고 쳐들어왔겠지만 멍청한 짓이었다. 이번 전투는 그리 어렵지 않을 것으로 보이니, 이 그리폰을 길들이는 기회로 삼아야겠다."

"준비하겠습니다."

위드의 몸에 그리폰 전용 갑옷들이 입혀졌다.

하벤 제국에서 제작한 특제 그리폰 갑옷들.

투구와 몸통 갑옷, 날개 보호대, 강화 발톱에 이르기까지 일체가 착용되었다.

각 아이템마다 레벨 제한이 250을 넘는 수준.

일반 유저들에게는 낮은 편이지만, 그리폰 종족에 맞추다 보니 어쩔 수 없다.

하벤 제국의 수도 공방과 마탑에서 특별 제작한 물품이었다.

-황금 사파이어 그리폰 세트 장비를 착용하였습니다.

세트 장비의 효과에 따라 시야가 맑아지고 가시거리가 2.1배 증가합니다.
지식이 136만큼 높아집니다.
물리 방어, 마법 방어가 216%가 됩니다.
비행 속도가 34% 증가합니다.
비행에 따른 체력 소모가 줄어듭니다.

마법 세트 갑옷!

'오오오오.'

갑옷을 입혀 주는 동안 위드는 순한 양처럼 얌전히 있었다. 심지어는 뭔가 허전하게 느껴지는 부리를 앞으로 쭉 내밀기까지 했다.

"아, 이걸 빼먹었군."

-뇌전의 맹금 부리 장식을 무장했습니다.

부리 공격력이 3.2배 증가합니다.
자신보다 약한 적을 물었을 때 16%가 넘는 확률로 무력화시킵니다.

이거야말로 은행 강도에게 기관총을 쥐어 주는 꼴!

뮬이 탑승하기 위해 목에 목줄을 걸고 등에는 안장까지 얹었음에도 불구하고 위드는 만족스럽게 가만히 있었다.

"생김새에 비해서는 말 잘 듣는 그리폰이구나."

-용기사가 당신의 등에 앉았습니다.
그의 지휘력이 당신의 공중 이동속도를 47% 빠르게 합니다.
신체 능력을 21%까지 상승시킵니다.

용기사 뮬이 고삐를 잡아당겼다.

"오늘 멋지게 활약해 보자!"

위드는 가볍게 날개를 펼치면서 날아올랐다.

밤하늘에서 내려다보는 노드 그라페!

블랙소드 용병단과 하벤 제국군이 맞붙으면서 곳곳에서 마법이 작렬하고 있었다.

수 킬로미터에 달하는 넓은 공간에서 마법과 화살이 오가며 전사들은 칼을 맞대고 싸운다.

'상당히 멋진 광경이군. 이곳에는 실력자들이 많으니까.'

먼저 출격한 그리폰 군단은 하늘을 장악한 채로 지상으로 내려가서 활약하고 있었다.

위드는 그리폰으로 변신한 만큼 종족의 특성에 따라 밤눈이 좋아져 낮처럼 환하게 세상이 보였다.

블랙소드 용병단은 과거에 그라디안 왕국과 네스트 왕국을 지배하던 강력한 세력이다. 전성기에는 대륙 대부분의 용병들이 속해 있는 프로암 연합 용병 길드의 대표 용병단 자리에까지 올랐다.

현재는 길드 내의 이탈자가 상당하였지만 여전히 많은 용병들이 블랙소드 용병단을 위해 검을 휘둘렀다.

이미 확실하게 조직화된 다른 길드들에 비해 오로지 용병들의 이익을 위해서 활동했던 미헬이 구심점 역할을 톡톡히 해 주었기 때문이다.

미헬은 국가 단위의 행정 능력이나 지휘력은 약하더라도 의리가 있어서 용병들 사이에서 인기는 매우 높다고 한다.

"사냥감이 많군. 저곳으로 가자!"

그때 뮬이 고삐를 밑으로 잡아챘다.

땅으로 내려가자는 뜻!

위드는 눈동자를 굴려서 주변을 둘러보고는 뮬과 함께 출격한 그리폰 부대가 많이 있는 것을 보았다.

'지금은 때가 아니로군. 뭐, 조금은 놀아 주지.'

위드가 숨을 가볍게 마시더니 지상을 향해 강하를 개시했다.

'내 등에 타고 있는 이상 진짜 재미가 뭔지 알려 주지. 어지간해서는 재밌지 않을 거야.'

커다란 날개를 좌우로 활짝 펼쳐서 떨치니 믿을 수 없는 가속력이 발생했다.

–비행 스킬 꿰뚫는 창공의 새가 시전되었습니다.

–마스터 스킬 바람의 질주가 발동되었습니다.

–마스터 스킬 거리 단축이 발동되었습니다.

–마스터 스킬 강행 돌파가 발동되었습니다.

조각 파괴술로 모든 예술 스텟을 민첩으로 몰아넣으면서 생성된 스킬들.

쐐애애애애액!

아찔하게 한 줄기 빛살처럼 하늘에서 땅을 향해 내리꽂혔다.

두꺼운 공기의 저항도 거대한 힘과 속도로 강제로 뚫어냈다.

"위험합니다, 대장님!"

"대장님을 구출해야……."

근처의 그리폰 라이더들은 물론이고 뮬조차도 경악을 금치 못했다.

뮬은 고삐를 힘껏 잡아당겼다.

"다시 날아올라라! 어서! 어서!"

땅과의 거리가 가까워지고 있었다.

500미터.

320미터.

140미터.

60미터.

영락없이 삶을 포기한 그리폰과 뮬의 동반 자살!

'아직. 아직이야.'

위드의 눈동자는 지극히 차분하고 냉정했다. 땅까지의 거리 22미터 정도를 남겨 놓고 상체를 세우며 날개를 활짝 펼쳤다.

"크웨에에엑!"

내다꽂히던 엄청난 속도에 온 힘을 다해서 저항했다.

사방으로 폭풍이 몰려온 듯한 바람, 날개를 포함한 전신의 근육이 다 팽팽하게 일어났다.

땅이 가까워졌지만 억센 힘과 가공한 민첩으로 가까스로 스치면서 방향 전환에 성공했다.

"크오오오오!"

닿지도 않은 바위들이 땅에서 뽑혀서 굴러다녔다.

'어때, 좀 재밌냐?'

뮬은 간신히 고삐를 붙잡고 안장에서 떨어지지 않고 버틸 수가 있었다.

"큭. 무슨 이런 야생 그리폰이……."

그가 숙련된 용기사가 아니었다면 지상으로 추락했을 수도 있었다.

위드는 뮬을 매단 채로 거센 바람과 돌풍을 일으키며 전진했다.

말로 변신했을 때 네발로 뛰던 땅에서도 빨랐지만 날개를 펼쳐서 비행을 하다 보면 속도에 대한 갈구는 더욱 심해진다.

가장 빠르고 거칠게 움직이는 그리폰이고 싶었다.

'인생 뭐 있어? 스트레스는 풀라고 쌓이는 거야.'

그때 한 블랙소드 용병단 소속의 전사가 잔뜩 커진 눈동자로 멍하니 자신을 바라보는 모습이 눈에 띄었다.

용병 입장에서야 갑자기 하늘에서 무언가가 뚝 떨어지더니 자신을 향해 전력으로 덤벼 오고 있는 것이니 멍할 수밖에 없으리라. 그것도 덤프트럭이 전속력 질주를 해 오는 듯한 기세로!

1초를 절반으로 나눈 것도 되지 않은 짧은 순간 견적이 뽑혔다.

'레벨은 460 정도? 꽤 훌륭한 장비들을 착용하고 있군. 나랑은 상관없는 사이라서 조금 미안하기는 하지만… 이 바닥이 다 그런 것 아니겠어?'

위드는 전사의 위를 날아가면서 발로 사정없이 걷어찼다.

"꾸에에엑!"

—치명적인 일격이 터졌습니다.
무방비로 있던 상대의 생명력을 31% 감소시켰습니다.

공격을 막을 수 없는 빠르기!

방어라는 것도 사실 어느 정도 상식적이어야 가능하다. 상대가 검을 휘두르거나 화살을 쏘아 내면, 맞받아치거나 방패로 막거나 할 수 있었다.

그러나 갑자기 하늘에서 뚝 떨어지더니 날아오면서 사정없이 발길질을 가하는 그리폰이 있을 줄이야!

'안 죽었군. 뮬을 잡으면 그걸로도 밥값은 하겠지만, 조각 파괴술을 썼으니 반찬 정도는 푸짐하게 먹어 줘야 하지 않겠어?'

위드는 돌풍을 일으키며 지나가면서 닥치는 대로 발길질을 하고 부리로 쪼아 댔다.

블랙소드 용병단이라면 살인자들을 골라서 모조리 박살을 냈을뿐더러, 흙먼지 사이로 빼꼼히 머리를 드러낸 하벤 제국의 기사들도 목표가 되었다.

이토록 포악한 그리폰은 어디에도 없었다.

병사들 따위는 날개를 활짝 펼치며 후려치고 지나갔다.

"대, 대단하다."

뮬은 정신을 차림과 동시에 감탄을 금치 못했다.

위드의 격렬한 비행 능력은 안장에 타고서도 몸을 가누기 힘들 정도였다.

그냥 편안한 날갯짓은 느린 장거리 비행은 몰라도 전투에는 적합하지 않다.

이 그리폰은 육체 구조에 따라 몸의 무게중심을 바꾸어 가면서 날개를 이용해 바람을 탈 줄 알았다.

놀라운 균형 감각과 기동 능력을 발휘하였다.

게다가 지상의 인간들을 마구잡이로 공격하는 타고난 공격성!

'조금만 가르친다면… 훌륭한 전투 그리폰이 될 수 있다.'

비행 몬스터들은 포악한 성질을 가질수록 전투 능력이 뛰어났다.

용기사라면 당연히 이런 그리폰 1마리쯤 길들여 보고 싶어 한다.

"화염 폭발!"

"프로스트 볼트!"

"이런!"

블랙소드 용병단의 마법사가 마법을 날리면 뮬이 조종을 하기도 전에 위드가 반응했다.

밤하늘을 가로지르는 선명한 수십 줄기의 불과 얼음의 마법.

위드는 마법이 다가오는 것을 빤히 응시하다가 어느 순간 날개를 기울여서 사선으로 날았다. 그러고는 빙글빙글 회전하면서 전부 스쳐 지나가도록 만들었다.

간결하고 정확한 회피 동작.

그리고 절대 그냥 넘어가는 법 없이, 무섭게 순간 가속하여 상대 마법사를 부리로 사정없이 쪼아 버렸다.

"끄에엑! 살려 줘!"

꾸꾸콰콰콰콱!

블랙소드 용병단의 유저들도 살인자의 상태에 들어선 이들이 많았기에 그들만을 노려서 처리했다.

이름이 붉은 살인자라면 아무 페널티 없이 살해할 수가 있었던 것이다.

"쿠우오오오오오!"

위드가 괴성을 터트렸다.

보는 눈이 너무도 많았으며 땅이 아닌, 하늘을 날고 있었다.

차마 죽은 자들을 처리하고 전리품까지는 수거할 수가 없어서 터지는 울화통!

자신이 타고 있는 그리폰을 보는 뮬의 표정은 복잡했다.

'이놈만 있다면 어떤 몬스터도 두려울 게 없어. 지금보다 더 많은 전설을 쓸 수 있을 것이다. 사냥 속도 역시 더욱 빨라질 테지. 나중에는 심지어 바드레이나 전쟁의 신 위드도 잡을 수 있을지도. 이런 복덩이가 굴러들어 오다니, 제대로 길들이면 하늘이 있는 장소에서는 내가 천하무적이다.'

기분 좋은 흥분과 설렘으로 가슴이 두근거렸다.

용기사에게 빠르고 거친 그리폰이란 훌륭한 무기이며 동료 이상의 가치가 있는 것이었다.

"어디 너와 내가 실력을 발휘해 보자!"

뮬이 자신의 긴 창을 꺼내서 무장했다.

봉인된 선더 스피어.

마나를 소모하여 약 20여 미터에 달하는 벼락을 떨어뜨릴 수 있는 원거리 공격 무기.

무력 570의 레벨 제한이 걸려 있는 장비다.

500에 거의 도달했다는 뮬의 레벨로는 아직 쓸 수 없었지만, 용기사의 직업 덕에 무기의 능력을 제한하여 사용이 가능했다.

"낮게 날아라!"

뮬은 저공비행하는 위드의 고삐를 단단히 쥐고 명령했다.

'조금은 더 놀아 주지, 뭐. 나도 손해 볼 건 없으니까.'

뮬의 창으로부터 사방으로 벼락이 떨어졌다.

콰르르르르!

꽈아아아아아아아!

벼락이 작렬하여 사람과 땅을 타고 흘러서 수십 명에게 연쇄 피해를 입혔다.

위드는 뮬이 공격하기 좋도록 적들이 대거 모여 있는 장소로 고속으로 이동해 주었다. 엄폐물과 지형의 고저 차 등을 이용해서 마법과 화살 공격을 영악하게 회피하는 것은 기본이었다.

“모두 저공 돌격이다.”

“옛, 대장!”

뮬의 곁에 장창으로 무장한 그리폰 부대 170기가 모였다.

하벤 제국의 전략무기이며 불패의 신화를 이룩한 그리폰 전투 비행단!

그들이 지상을 낮게 날며 창으로 휩쓸고 지나간 자리는 블랙소드 용병단이라고 해도 초토화가 되었다.

말을 탄 기사단의 진격은 어떻게든 막을 수 있지만 하늘을 자유자재로 활용하는 그리폰 기사단은 무엇으로도 막기가 어렵다.

엄청난 파괴력을 가진 마법을 사용하면 날파리 떼가 흩어지듯이 산개했다가 공격을 재개한다.

유저들로서는 지상에서의 전투에 집중하던 중 하늘에서 갑자기 공격을 당하게 된 셈이었다. 노드 그라페를 향해 맹렬하게 진격하던 블랙소드 용병단의 병력에 대량의 끔찍한 피해가 발생되고 있었다.

위드와 뮬은 환상적인 호흡을 자랑하며 마법 용병들과 레인저들을 처치하고 하벤 제국군에 길을 터 주었다.

“세상에 이럴 수가…….”

블랙소드 용병단의 유저들은 망연자실했다.

하늘로부터의 맹렬한 공격, 그리폰 군단의 활약이 너무나도 심했던 것이다.

그러나 미헬로서는 적당히 하고 물러설 수가 없는 처지였다.

“공격해라. 이대로 노드 그라페를 함락시키고 왕성으로 진격할 것이다!”

물러서면 전멸을 의미했다.

전력을 투입한 만큼 블랙소드 용병단에서는 이번 전투에서 무조건 승리를 거두어야 했다.

인력과 자금을 총동원한 전투.

유저들로 구성된 용병들에 이어서 NPC 용병들까지도 대거 고용해서 쳐들어왔으니 팽팽하게 맞섰다.

그리폰 군단이 습격을 하면 방패를 머리 위로 들고 성채를 향해서 달렸다.

그리폰 군단의 전력이 제아무리 막강하다 해도 오직 하늘에서의 공격만이 가능하다.

용감한 용병들은 성채를 향해서 일제 돌격했다.

“어리석은 놈들!”

블랙소드 용병단에서 큰 전투를 준비하면서 그 움직임과 수상한 낌새가 헤르메스 길드에 조금은 노출이 되었다.

노드 그라페의 내부에도 방책을 세워 놓는 등 전쟁 준비를 철저히 해 놓았다.

"죽여라, 전부!"

"꾸와아아아아아아!"

"맹렬한 연쇄 폭발!"

"사정거리가 긴 화살로 교체해서 쏴라. 성벽을 노리지 말고, 적진으로 무조건 퍼부어!"

전쟁터의 격렬한 소음.

위드가 보기에 전투는 팽팽하게 진행되고 있었다.

'부자가 망해도 3년은 간다더니… 블랙소드 용병단의 저력이 굉장하군. 이만큼이나 모아 올 줄은 정말로 몰랐어.'

그러나 공성전인 만큼 아침까지 버티기만 한다면 하벤 제국의 승리로 굳어지게 될 것이다.

네스트와 그라디안 지역에서 일제히 일어난 반란을 제압하기 위해 떠난 그리폰 군단이 돌아온다면 전황은 블랙소드 용병단에 매우 불리하게 바뀐다.

블랙소드 용병단도 그 사실을 잘 알고 있는 만큼 총력을 기울여 노드 그라페를 향해 온갖 마법들을 집중시키고 있었다.

폭발형의 마법에서부터 성벽의 내구도를 떨어뜨리는 대지 계의 마법, 독 구름을 일으키고, 저주를 퍼붓기도 했다.

물론 하벤 제국군에서도 마법사들이 나와서 방어 마법을 펼치거나 신성 마법으로 저주를 해소했다.

양측 모두 전력이 보통은 아니기 때문에 성채를 중심으로 하여 화려하고 무시무시한 공방전이 펼쳐졌다.

원거리 공격을 하는 부대와, 성문을 돌파하거나 성벽을 오르는 전사 부대들도 자신들의 역할을 다했다.

'이게 진짜 전쟁이로군. 강자들이 싸우는… 세계의 패권을 다투는 전쟁.'

문득 아쉬움도 적지 않게 느껴졌다.

세력을 일구어야 한다는 생각은 지금까지 그다지 해 본 적이 없었다. 부하들이 있어 봐야 이래저래 챙겨 줘야 하고, 같은 목표를 가지고 달려 나가는 일도 쉬운 건 아니다. 뜻이 바뀌어서 이탈한다거나 혹은 배반하는 경우가 로열 로드에서 드문 건 아니었으니까.

그럼에도 가슴이 뜨거워지는 이런 전투를 보면 로열 로드의 초창기부터 중앙 대륙에서 시작했으면 어떨까 하는 생각이 들었다.

뮬은 선더 스피어를 휘두르며 그리폰 부대를 지휘했다.

"그리폰 군단은 적들을 교란시켜라. 성채로는 한 발자국도 들이지 마라."

이 전투 역시 방송국들의 중계를 통해 전 세계에서 최소 수천만 명의 시청자들이 보게 될 것이다.

어쩌면 전투의 규모나 내용에 따라 시청자 수가 1억이나 2억 명을 가뿐히 넘어가게 될 수도 있다.

그 전쟁의 총지휘관으로서 갖는 영웅심이란 대단한 것이었다.

블랙소드 용병단의 맹렬한 공격에도 불구하고 노드 그라페가 건재하다면 어마어마한 전공을 기록하게 된다.

로열 로드에서는 단순히 여가를 즐길 수도 있지만 왕이나 기사가 되어서 대륙의 역사를 직접 쓰는 것도 가능했다. 그 매력이야말로 소위 야망에 빠진 남자들을 미치게 만든다.

뮬은 헤르메스 길드에서도 수뇌부 24인 중의 1명에 속했으며 그라디안 왕국과 네스트 왕국 지역의 군사령관!

그는 블랙소드 용병단을 격파하고 아울러 모두가 우러러볼 수 있는 멋진 모습들을 보여 주기를 원했다.

이심전심.

위드도 그 마음을 느꼈다.

'하지만 내 등에 탄 이상 네 팔자도 여기까지지. 죽을 곳을 제 발로 걸어 들어와서 탔으니까.'

위드는 전황을 냉정하게 주시하면서 뮬과 함께 전투를 치렀다.

수십 기의 그리폰이 추락하고, 블랙소드 용병단에 그 이상의 피해를 입혔다.

'팁이나 보너스를 받은 것도 아닌데 너무 신 나게 해 줄 필요도 없어.'

위드는 뮬의 조종에 응하면서도 스리슬쩍 블랙소드 용병단의 마법사들이 밀집해 있는 위치로 향했다.

위드와 뮬이 앞장서니 100마리 이상의 그리폰 군단이 뒤를 따랐다. 그리고 지상으로부터 헤아릴 수 없을 정도로 수많은 마법 줄기들이 솟구쳤다.

"산개해서 피해라!"

뮬의 명령이 떨어지자마자 흩어지는 그리폰들.

지상과의 거리가 있기 때문에 마법이 발현되더라도 일찍 피해서 피해를 최소화할 수 있었다. 심한 부상을 입거나 추락하지만 않으면 노드 그라페의 그리폰의 둥지로 돌아가면 된다.

그러나 위드는 마법이 솟구치고 있는데 정면으로 돌진했다.

"이게 무슨 짓이냐!"

뮬이 고삐를 강하게 움켜잡고 아무리 틀어도 방향을 바꾸지 않았다.

"크오오오오오오오오오!"

공격성을 자극받은 듯이 포효하며 정면을 향해서 비행하는 위드.

"멍청하게! 어서 피하란 말이다!"

뮬이 기를 쓰고 조절을 해 봤지만 이미 늦었다.

무시무시한 공격 마법이 다가오고 있었다.

'아직은 내가 말을 안 듣는다고 여기지 다른 의심은 못 하겠지. 문제는 지금이다.'

위드는 자신을 표적으로 날아오는 마법들을 관찰하고 분

석했다.

블랙소드 용병단의 마법사들도 바보는 아니었기 때문에 피하기 쉬운 일직선의 공격만 가하지는 않는다.

곡선으로 휘어지거나, 근처의 적을 추격하거나, 심지어는 목표물 근처에서 폭발하는 종류도 있었다.

지상에서부터 실현된 마법의 공중 화망 구성!

블랙소드 용병단에서 그리폰 부대를 상대하기 위해 마법사들끼리 준비한 일제 공격이었다.

'빠져나갈 구멍이 보이지 않는군. 하지만 하늘은 넓고 돌파할 길은 있다. 나 자신을 믿자. 이건 칭얼거리는 여동생을 데리고 영화관 매표소 아저씨를 피해서 몰래 들어가던 어릴 때보다도 훨씬 쉽다.'

위드는 비행 속도를 더욱 빠르게 했다.

마법에 돌진하여 맞아 죽으려는 듯이 미련한 행위인 것 같았다. 그러나 간신히 몸이 지나갈 수 있을 정도의 틈이 보였다.

꽈과과과광!

위드가 아슬아슬하게 스쳐 지나가자 하늘에서 마법들이 폭발했다.

위기는 그것으로 끝나지 않았다.

여전히 몇백 개의 공격 마법들이 지상에서부터 그를 목표로 날아오고 있었다.

마법사들은 그리폰 부대를 노리고 있었기에 준비했던 마법들을 한꺼번에 쏟아부었던 것이다.

위드는 공중에 잠깐 멈춰서 독수리처럼 몸을 세우고 두 날개로 균형을 잡았다.

'기다린다. 아직 기다린다. 지금!'

거대한 그리폰의 몸체가 산들바람처럼 흔들리며 거짓말처럼 가뿐하게 움직였다.

공격 마법들은 바로 옆을 스쳐 지나가거나 하늘에서 폭발했다.

말이 장애물과 웅덩이를 피해 가는 것과는 달랐다.

그것은 앞과 뒤, 좌우만 계산하는 것으로 충분했다.

위드는 진행 방향뿐만 아니라 높낮이를 치밀하게 계산하고, 때때로 기다리기도 하면서 마법 사이의 실낱같은 틈새를 비집고 들어갔다.

'이 세상은 그렇게 암울하지 않아. 월세가 밀려도 솟아날 구멍은 반드시 있다.'

냉철한 집중력!

위험할수록 긴장되지만 몸과 머리는 더욱 빨리 움직인다.

'뮬을 잡기 위한 최대의 난관이라고 할 수 있다. 이것만 넘기면…….'

그리폰의 몸은 상당히 커서 모든 마법을 완벽하게 피할 수는 없었다.

맞아도 큰 부상을 입지 않는 공격들은 그대로 맞아 주었다.

―회전하는 불덩어리가 회피술에 의해 최소한의 피해를 입히고 스쳐 지나갔습니다.

―봉쇄하는 아이스 오브에 적중되었습니다.
빠른 움직임으로 돌파합니다.

―치명적인 마법 공격을 당했습니다!
마스터 방어 스킬 심장울림이 적용되었습니다.
몸속에서 솟구치는 강한 울림으로 공격의 충격을 해소합니다.

때때로 어떤 마법 공격들은 진행 방향이 부딪쳐서 하늘에서 먼저 폭발했다.

매의 눈처럼 그 지점들을 잘 주시했다.

그 직후에 정면의 화염 속을 강행 돌파하는 위드!

폭발을 뚫고 나오자마자 다가온 마법들까지도 미리 위치를 알기라도 한 듯이 몸을 옆으로 눕히면서 회전했다.

날쌘 물고기가 급류 속에서 헤엄을 치듯이 마법 공격들 사이를 헤집고 다녔다.

"크어억!"

뮬은 위드의 몸에서 떨어지지 않도록 고삐를 잡고 있는 것만으로도 힘이 들었다.

'어떻게 이렇게 피해 갈 수가… 믿기지 않을 정도로 놀랍고 대단하다.'

정면을 가득 메운 마법 공격임에도 어떻게든 비집고 들어가서 구멍을 찾아내고 말았다.

짧은 순간 위드는 마법으로 구성된 화망을 끝내 완전 돌파하고 말았다.

"저게 뭐야."

"무슨 개사기 그리폰이냐!"

지상의 마법사들은 망연자실했다.

하늘을 나는 그리폰을 맞히기가 어렵다고는 하지만, 이건 사기에 가까운 움직임!

위드도 조각 파괴술로 민첩을 극대화시켜 놓지 않았다면 감히 시도할 수 없었을 것이다.

비정상적으로 높은 민첩은 하늘에서의 속도나 방향 전환 등의 움직임을 놀랍도록 빠르게 만들어 주었다.

"대, 대단하구나!"

뮬은 놀란 가슴을 진정시켰다.

자신이 직접 조종한 것도 아닌데 그리폰 스스로 모든 마법 공격을 피해 버렸다.

중간에 몇 번의 중대한 위기가 있었고, 끝내는 마법을 피하지 못하고 추락하리라 예상한 순간까지도 있었다. 일부러 방어 스킬까지 사용했는데, 마법들의 궤적이 스쳐 지나갔다.

그 모든 공격들을 피한 그리폰의 판단력과 운동 능력에 대해서는 감탄밖에 나오지 않았다.

'모두 똑똑히 보고 놀랐겠지. 이런 게 내가 원했던 장면이다.'

사람들을 열광시킬 수 있는 움직임!

스스로에게도 평생 기억에 남을 만한 역사적인 명장면이 될 것이다.

"이것이 바로 그리폰 부대다!"

뮬이 선더 스피어를 높이 들어 올렸다.

"으와아아아아아아!"

저 멀리서 하벤 제국군이 호응하는 거친 함성이 들렸다.

마법 공격들을 피하느라 산개한 그리폰들과도 어느 정도 거리가 떨어져 있었다.

뮬은 완벽하게 만족했다.

'아마 놀라고 나를 더욱 우러러보게 되었을 것이다.'

위드는 계속 앞을 향해서 날았다.

뮬은 벌써부터 오늘 하루의 일정에 대해 고민하기 시작했다.

'방송국의 인터뷰를 준비해야 되겠군. 내가 의도한 건 아니었지만 어떤 식으로 멋지게 포장을 해야 할까. 마법 공격이 날아올 때의 기분을 물어본다면, 틀림없이 피할 수 있다는 나 자신에 대한 확신이 있었다고 답해야 되겠지?'

함성 소리가 점점 멀어지고 있었다.

'블랙소드 용병단 따위야… 이젠 중요하지 않다. 반란군을 퇴치하고 그리폰 부대가 귀환하기만 하면 사냥 분위기로 바뀌겠지.'

날이 밝아 올 때까지 성채가 함락당하지만 않으면 목적은 완벽히 달성한 것이다.

반란군이 전국에서 대대적으로 발생한 이상 그리폰 부대는 성채에 머무르지 않고 반드시 출동해야 했다. 그러지 않으면 반란군이 마을과 도시 시설들을 약탈하고 파괴하는 것은 물론이고, 상당히 많은 영토를 빼앗길 수도 있는 것이다.

노드 그라페의 군사 전력은 그리폰 부대의 차출로 인해 부득이하게 감소하였다.

극약 처방을 내려서 반란군의 준동을 내버려 둘 수도 있었지만 그렇게 하지 않고서도 막아 냈기에 더 대단한 업적을 세운 셈이었다.

아침까지만 버티고 나면 그라디안과 네스트의 반란군도 몰아내고, 블랙소드 용병단은 괴멸시킬 수 있을 것이다.

'승리다. 완벽한 승리.'

위드는 더욱 속도를 높였다.

"응? 어딜 가는 것이냐?"

문득 뮬이 정신을 차리고 의아해했다. 목소리에는 이 멋진 그리폰에 대한 애정이 가득했다.

위드는 낮게 울었다.

"크아아아아."

그리고 더 빠르게 날았다.

숲과 들을 저공비행으로 스쳐 지나가듯이 날다가 하늘 높이 솟구치기도 했다.

그리폰이 자유를 만끽하는 것처럼!

와삼이도 가끔 하늘 저 높은 곳을 향해 끊임없이 올라가려다가 위드에게 잔소리와 욕을 먹고 나서야 내려오곤 했다.

빠르고, 더 높게!

비행 몬스터들은 비슷한 낭만을 가지고 있었다.

"크아아아아아아!"

또한 비슷하게, 기분이 좋으면 커다란 포효를 터트린다.

마치 하늘에서 자신이 가장 강력하며, 이곳은 자신의 영역이라는 듯이.

위드의 입가는 썩은 이빨이 드러날 정도로 쭉 찢어져 있었지만 뮬의 시선에는 보이지 않았다.

"으음, 그렇군."

뮬도 비행 생명체를 다룰 줄 아는 용기사인 만큼 그리폰의 기분을 헤아릴 수 있었다. 하지만 지금은 중요한 전투 중. 때가 좋지 않았다.

"그래도 잠깐 정도는 놔두는 것도 괜찮겠지. 이 그리폰이야말로 앞으로 내 손과 발이 되어야 할 테니."

지금 타고 있는 그리폰이 너무나도 마음에 들었던 것이다.

다른 그리폰 부대는 아까부터 뒤를 돌아봐도 보이지 않을 정도로 거리가 멀어졌지만 상관없었다. 이 그리폰만 타고 있다면 블랙소드 용병단이 감히 자신을 위협할 일 따위는 없을 테니.

위드는 몇 번이나 방향을 바꾸었다.

1~2분 만에 강과 호수를 지나고, 마을도 2개나 지나쳤다.

뮬이 위드의 머리를 쓰다듬었다.

"네 기분은 잘 알겠다. 하지만 이제 슬슬 돌아가자꾸나. 멋진 사냥을 마무리해야 할 시기다."

위드는 당연히 그 말을 듣지 않았다.

이번에는 하늘을 향해서 수직 상승했다.

맹렬한 속도로 지상이 멀어지고, 하늘의 구름을 꿰뚫고 치고 올라간다.

어지간하면 속도가 줄어들 만도 했지만 구름을 통과하고 나서도 뮬이 고개를 들지 못할 정도로 엄청난 빠르기.

지상은 이미 까마득할 정도로 멀어지고 말았다.

머리 위에 있는 것은 오로지 태양뿐이었다.

그리폰과 뮬.

단둘만이 있는 공간처럼 느껴진다.

위드가 포효했다.

"크아아아아아아!"

하늘을 지배하며 느끼는 자유, 바람을 꿰뚫고 달리는 우월감.

비행 생명체들이 유독 울음소리를 내기를 좋아하는 것을 이해할 수도 있을 것 같았다.

이것이야말로 살아 있다는 함성.

존재감을 과시하는 생명체의 본질.

뮬도 역시 자유로움을 느꼈지만 노드 그라페가 자꾸만 떠올랐다.

"이제 됐으니 그만 가자! 다음에 다시 오도록 하자. 아주 질리도록 함께 놀아 줄 테니까."

그때 그리폰이 말했다.

"다음은 없어."

"응? 말도 할 수 있었느냐?"

뮬은 멍청하게도 기뻐했다.

이 순간만큼은 자신의 그리폰이 지성까지 뛰어나다고 고마워했다. 그렇다면 길들이는 시간이 훨씬 단축될 테니까.

착각은 자유라지만, 이내 곧 이상함을 깨달았다.

그리폰의 말투가 전혀 자신을 존중해 주는 것이 아니었다.

"네 말대로 그만 갈 시간이야."

그리폰이 지상을 향해 무섭게 급강하를 시작했다.

땅으로 내리꽂히는 듯이 전속력을 다한 움직임. 비행에 익숙한 뮬이라고 할지라도 처음 느껴 보는 속도였다.

구름을 다시 뚫고 내려왔으며, 지상의 모든 형체들이 순식간에 커졌다.

'조금 전처럼 대단한 기동력이구나. 근데 이건 정말 위험… 어서 멈춰야…….'

아무리 고삐를 잡아당겨도 그리폰은 아까처럼 조금도 반응하지 않았다.

짧은 시간이었지만 륨은 그리폰을 박차고 벗어날 것까지도 생각했다. 하지만 조금 전처럼 아슬아슬하게 대지와의 충돌만큼은 피할 수 있을 것이란 기대감을 저버리기 어려웠다.

무시무시할 정도로 빠르게 땅이 가까워졌다.

'이젠 피할 수 없다. 그대로 충돌한다.'

그때 안장이 훌렁 벗겨지는 것이 느껴졌다.

위드가 부리로 쪼아서 안장의 가죽끈을 잘라 버린 것이다.

"으아아아악!"

륨은 추락하는 속도를 유지한 채로 그리폰의 몸에서 이탈했다.

땅과의 충돌 직전에 마지막으로 보이는 것은, 재빨리 활강으로 바꾸어서 유유히 벗어나는 얄미운 그리폰.

"저 미친 그리폰 놈이……!"

꽈아아아아아아아아아앙!

유성이 떨어지는 것처럼 주변의 땅이 흔들렸다.

―용기사의 갑옷이 추락으로 인한 피해를 감소시킵니다.
신체에 큰 부상을 입었습니다.
오른팔이 부러졌습니다.
생명력이 49,191만큼 줄어들었습니다.
혼란 상태에 빠져서 일시적으로 스킬과 마법을 쓰지 못합니다.

―갑옷과 액세서리 등의 내구도가 한꺼번에 감소하였습니다.

―헬멧이 파괴되었습니다.

엄청난 충격이었지만 용기사의 갑옷은 땅과의 충돌로 생기는 피해를 78%까지 줄여 준다. 그 덕에 뮬은 간신히 살아남을 수 있었다.

"무슨… 어째서 이런 일이……."

잠시 후에 간신히 몸을 일으킨 그에게 5명의 사람이 다가오는 것이 보였다.

그 짧은 사이에 조각 변신술을 해제한 위드와 바하모르그, 엘틴, 게르니카, 은숙이였다.

The Legendary Moonlight Sculptor

제국의 추락

용기사 뮬의 충격적인 사망!

그라디안 왕국과 네스트 왕국의 군사령관으로서 헤르메스 길드에서도 중요한 위치에 있던 그가 죽임을 당했다.

헤르메스 길드는 물론이고 일반 유저들조차 경악을 금치 못할 대사건이었다.

동시에 블랙소드 용병단에서는 전력을 기울여서 노드 그라페를 정복하고 말았다.

맹활약을 벌이던 뮬이 어느 순간 나타나지 않자 그의 지배하에 있던 제국군 병사들과 그리폰들이 심하게 동요했다.

총지휘관의 사망으로 군대의 사기가 꺾이고 말았다.

그리폰 라이더들의 활약이 주춤한 사이에 성문과 성벽이

차례로 뚫리고, 블랙소드 용병단의 정예가 성채 내부로 대거 들어가게 되었다.

하벤 제국군에서는 어쩔 수 없이 노드 그라페를 포기하고 퇴각, 왕성인 버겐 성에서 수비에 나섰으나 채 전열이 갖춰지지도 않은 상태였다.

버겐 성에서도 다시 막대한 피해를 입고 다시 퇴각하여 국경 부근까지 물러서게 되었다.

블랙소드 용병단은 그라디안 왕국의 왕성을 회복했지만 국토 전역에서 반란군과 옛 그라디안 왕국 부흥군, 하벤 제국군의 전투가 벌어지고 있었다.

미헬은 판단을 내렸다.

"큰 것을 얻었지만 아쉽게도 우리가 지키진 못한다. 그러나 하벤 제국 놈들도 못 먹게 하자."

세금도 제대로 걷지 못하고, 군대를 조직하더라도 제국과 맞설 힘을 기를 시간이 없다.

용병단은 군대 시설을 파괴하고 창고에 쌓여 있는 재물을 사람들에게 마구 나눠 주었다. 그 이후에 수도를 포기하고 흩어져서 반란군과 같이 제국군과 싸우기로 했다.

그라디안 지역이 극심한 혼란에 빠지면서, 네스트에서도 반란군의 봉기가 잇따랐다.

"세상에 내게도 이런 일이……."

위드는 감격했다.

뮬을 해치우고 나서 획득한 전리품. 번쩍거리는 물품들을 보며 감동하고 있었다.

"이건 정말로… 이 세상은 나쁘게 살아야 성공할 수 있다는 원칙이 진짜란 뜻이야!"

뮬은 목숨을 잃으면서 무려 세 가지나 되는 아이템을 떨어뜨렸다.

허리띠, 장갑, 창.

함정에 빠진 뮬은 선더 스피어를 휘두르며 끝까지 버텼지만 아쉽게도 몸이 정상적인 상태가 아니었다.

그리폰 수색대가 도착하기 전에 속전속결로 해치우기 위해 위드와 바하모르그가 동시에 전투에 나서고, 다른 이들이 도망치지 못하도록 지키고 섰다.

뮬은 2개의 광대한 지역을 아우르는 제국군 총사령관이었다. 위대한 용기사로서 사람들의 추앙도 대단했다.

하지만 현실은 함정에 빠져서 두들겨 맞다가 아무것도 못해 보고 사망!

당시 상황만 놓고 보면 비겁하다는 비판을 받을 수 있지만, 전쟁이라는 게 상대에 대한 예의를 갖춰 가며 일대일로 싸워야만 하는 건 아니었다.

그런 기준에서라면 전투에 나선 군대도 매복이나 기습 같은 건 사용하지 말아야 한다. 무조건 비슷한 병력을 동원해서 싸워야 하고, 정면 돌격만 가르쳐야 하리라.

헤르메스 길드와는 전쟁 상태에 있는 만큼 비겁하거나 치졸한 수단에 의해 죽었다는 건 변명거리도 되지 않았다.

헤르메스 길드도 위드를 방해하기 위해 지골라스까지 공격대를 보내오고 전쟁에서는 암살단을 활용했던 만큼 뮬의 죽음을 알고 나서도 비겁하다고 항의하는 일은 벌어지지 않았다.

어쩌면 뮬까지도 위드에 의해 죽었다는 점을 널리 홍보하고 싶지 않았을 수도 있으리라.

다만 위드는 뮬에 대해서는 개인적으로 동정했다.

강도 중에서도 지독한 강도를 만나서 목숨을 잃은 꼴이었으니까.

위드는 일단 가장 간단한 허리띠부터 살펴보기로 했다.

"가, 감정!"

위대한 승리자의 벨트 : 내구력 110/110. 방어력 156.
스물한 가지의 보석이 박힌 백금 허리띠.
칼라모르 제국의 영웅 할라드가 착용하던 역사적인 보물이다.
한 시대에 이름을 날렸던 위대한 전사들이 대를 이어서 사용했다.

제한 : 레벨 495.
명예 300. 기품 300.
옵션 : 모든 스텟 25 증가.
생명력과 마나의 최대치 21,890 상승.
기품, 명예, 인내, 카리스마, 예술 +50.
전투 스킬 +1.
명성 +9,850.
지휘력 +2.
정령술의 위력 11% 증가.
모든 마법의 피해를 최소 21%에서 최대 89%까지 감소시킨다.
독, 저주 마법으로부터 빠르게 벗어남.

"캬아!"

소주를 통째로 한 병 마셨을 때에나 나오는 감탄성!

"옵션이나 방어력이 미쳤군. 이건 뭐 팔더라도 가격조차 결정하기 어렵겠구나."

판매 가격을 적지 않고 그냥 경매에 올리면 될 것이다.

경쟁이 붙을수록 어마어마한 가격이 책정될 가능성이 높은 아이템이었다.

"이런 장비를 차고 사냥을 했다니, 완전히 사기잖아?"

모든 장비를 직접 구해야 하는 위드에 비해서, 헤르메스 길드에서는 중앙 대륙이라는 노른자위를 차지하고 온갖 수단을 다 썼으니 이런 차이가 벌어질 수밖에 없다.

위드는 그나마 특별한 퀘스트를 수행하고 직접 제작까지 했기에 망정이지 일반 유저들에게는 따라올 수 없는 벽과도 같으리라.

"으음, 허리띠는 당분간 팔지 말고 내가 사용해야 되겠군. 웬만해선 더 좋은 것을 구하기도 힘들 테니까."

허리띠만 쓰더라도 전투력이 훨씬 향상되리라.

본래 장비발이란 무시할 수 없는 노릇이었으니까.

위드의 눈길이 이번에는 장갑으로 향했다.

가슴이 두근거리고 있었다.

"이것도 보자. 감정!"

탁월한 지휘력의 전설 기사 장갑 : 내구력 90/90. 방어력 54.

제작 연대는 대략 250~370년 전까지로 추측.
대륙 최고의 재봉사, 대장장이 비밀 조합 블랙스미스에서 만든 작품.
고매한 기사 라르크에게 선물한 장갑으로, 그의 사후에는 칼라모르 제국 황실 보물로 보관되어 왔다.

제한 : 레벨 490.
검술 고급 7레벨.
옵션 : 전투 중에 힘 +170.
모든 스킬의 효과를 15% 추가함.
치명적인 공격을 가했을 때 다섯 가지의 특수 피해를 가산함.
일시적으로 상대의 검술 스킬 약화.
명예, 기품이 더 빨리 증가.
기사도 스킬 +2.
높은 내구도로 인해 쉽게 손상되지 않음.
왕국을 위한 업적 달성 시에 80%의 공적치가 추가됨.

"실로 명품이군. 명품이야."

위드는 감탄을 금치 못했다.

이런 장갑 같은 건 구경해 보기도 어려웠다.

헤르메스 길드에서도 뛰어나게 잘나가는 유저를 처리하지 않았다면 언제 가질 수 있었겠는가.

"말로만 듣던 백화점 명품관이 따로 없구나."

위드는 장갑도 본인이 쓰기로 했다.

"뭔가 강해지는 느낌이 드는군. 기분 탓일지도 모르지만 외모가 좀 멋있어진 것 같기도 해."

장갑이나 부츠, 망토와 같은 장비들은 대장장이와 재봉 스킬을 이용해서 만들어서도 많이 썼다. 여신의 기사 갑옷이나 레드 스타에 비한다면 아무래도 전체적인 균형이 맞지 않았는데, 헤르메스 길드 유저들을 해치우고 최고의 물품을 얻었다.

"내가 장비발까지 갖추게 될 줄은 몰랐는데."

스킬과 스텟으로 먹고살던 위드에게 날개가 달린 셈!

위드의 눈길이 마지막 남은 창으로 향했다.

눈에 익숙한 검은 창.

창의 손잡이 부분에는 번개 모양의 문장까지 새겨져 있었다.

"에이, 아니겠지. 아닐 거야."

절대 그럴 리가 없다고 믿었다.

"설마하니, 모습이 비슷한 다른 창이겠지. 이건 그냥 팬을 만나면 선물로 나눠 주는 기념품 같은 것일 거야."

그럼에도 가슴이 마치 택배 상자를 열어 볼 때처럼 떨렸다.

"감정!"

봉인된 선더 스피어 : 내구력 136/150. 공격력 146~223.

지고의 드워프 대장장이 론드핸드가 만든 최고의 역작!
드워프 론드핸드는 말년에 단순한 마법 무구를 넘어서 무기에 자연의 파괴력을 담으려고 하였다.
이 창은 수십 번의 담금질을 마치고 수베인 왕국의 벼락이 그치지 않는 산에 버려졌다. 수억 번의 벼락을 견뎌 낸 창은 마침내 그 힘을 간직한 채로 다시 태어났다.

제한 : 기사 전용.
레벨 570.
창술 고급 6레벨.

옵션 : 벼락을 일으키는 창.
마나를 소모할 때마다 일정 거리를 휩쓰는 광역 벼락을 내려친다.
전격 계열 마법으로부터 97% 이상의 면역, 그 힘을 흡수할 수 있다.
전격 계열 마법과 전격 공격 스킬의 효과를 228% 상승.
공격 속도 21% 향상.
적과 무기를 부딪치면 일정 확률로 감전시킴.
자신보다 약한 적에게 치명적인 일격을 가했을 때에는 33%의 확률로 기절을 시킨다.
7회의 연속 공격이 성공하면 주변으로 연쇄 번개 분산, 번개 방패가 무작위로 형성됨.
전격 계열 스킬 뇌격의 비상, 파동, 번개 폭풍, 번개 흔들기, 뇌전 중심 진격, 휘몰아치는 전역 천둥 사용 가능.

#현재는 선더 스피어의 힘이 봉인되어 있다.
창이 가지고 있는 공격력의 60%만 발휘 가능.
충분한 능력을 가진 이가 창을 사용하면 봉인은 해제될 것이다.

"이, 이, 이것은… 진짜다!"

봉인된 선더 스피어.

뮬은 일찍이 헤르메스 길드의 중역이었고 군대를 거느린 군단장의 신분이었던 만큼, 악명이나 살인자 상태에 구애받지 않았다. 로열 로드 초기 이후로 목숨을 잃은 적도 없으니 죽고 나서 푸짐하게 장비를 떨어뜨리게 된 것이다.

"기가 막힐 정도로구나. 지금까지 이렇게 좋은 무기의 위력이 완전히 발휘되지 못했다니 너무 아쉽군."

위드는 선더 스피어를 손에 잡아 보았다.

찌릿한 전기가 온몸을 타고 흘렀다.

-다룰 수 있는 역량이 부족하여 봉인된 선더 스피어를 착용할 수 없습니다. 고급 대장장이 2레벨의 스킬로 인해 무기의 사용 제한이 감소하여 창술이 중급 3레벨이 되면 사용할 수 있습니다.

"당장 내게는 창술이 없기는 하지만… 손재주와 통찰력이 있으니 중급까진 금방 올릴 수 있겠지."

상상을 초월하는 아이템.

창은 일반적으로 다루기가 쉽고 공격 거리가 길다. 공격력도 매우 강했다. 다만 무거워서 연속 공격과 방어에 검만큼 편하진 않았다.

이 창도 자신이 사용을 하다가 검치나 수련생들의 실력이 창을 사용할 정도가 되면 검과 바꾸기로 했다.

그들은 무기술을 익히고 있으니 창술에도 연연하지 않는다.

"대충 멋진 영상 1~2개 보여 주면 되겠지. 뮬이 여자들에게 인기 있는 것들로 골라 구경시켜 주면 될 거야."

검에 미쳐 있지만 또 한없이 가벼운 성격이기도 했다.

위드는 드래곤을 찾아가기 전 사흘의 시간 동안에는 대륙의 북부를 떠돌며 사냥에 푹 빠졌다.

레벨도 440에서 바르칸의 풀세트를 착용하고 리치로 활약을 하면서 크게 성장했다.

영주 데커드의 군대를 쓸어버리고 포르모스 성까지 장악하면서 단 하루의 전투로 무려 3개의 증가.

뮬을 처치할 때의 전투로 1개, 사흘간의 사냥에서 또 1개를 올렸다.

대장장이 스킬로 창을 하나 만들어서 써서 창술도 초급 6레벨까지 쉽게 달성했다.

위드는 사막의 대제왕 시절에 필요에 따라 창을 써 본 적도 있었으며 무기를 가리지 않을 정도로 전투에 능숙했다.

검술이 고급 5레벨에 있는 만큼 그 연장선이라고 할 수 있는 창술도 숙련도가 쌓이는 속도가 조금 더 빨랐다.

―창술을 이해함으로써 통찰력 스텟이 2만큼 증가합니다.

"조금만 더 성장하면 되겠군!"

헤르메스 길드 유저들을 끊임없이 습격할 수도 있었지만 일부러 뜸을 들였다.

사람들은 누구나 생각하게 될 것이다.

용기사 뮬마저 목숨을 잃었다. 과연 헤르메스 길드에서 무사할 사람은 몇이나 되겠는가!

헤르메스 길드에서는 심하게 위축되는 한편 만반의 준비를 하고 있을 것이다.

그럴 때면 오히려 여유를 보여 준다.

충분히 공포심이 조성되고 나면 이후의 습격은 훨씬 쉬워질 테니까!

"원래 이 바닥이 다 그런 거 아니겠어?"

대륙 최고의 암살자.

타인에게 이름을 밝히기를 싫어하는 그는 하벤 제국의 수도로 은밀하게 잠입해 있었다.

"위드. 그가 큰 사고를 쳤군."

암살자는 조금 더 분발해야 되겠다고 생각했다.

"사냥에는 졌지만… 암살에서는 내가 최고다."

용기사 뮬은 중앙 대륙에서는 모르는 사람이 거의 없을 정도의 유명인이었다.

그가 멋진 그리폰을 타고 도시의 분수대 위를 날아가거나 전투를 치르는 영상은 로열 로드 명예의 전당에서 엄청난 인기를 끌었다.

용기사라는 직업은 비행 생명체들을 길들이고 다룰 수 있기에 기사 중에서 최고라고 할 수 있었다.

뮬 개인의 뛰어난 전투 능력은 물론이고, 멋진 그리폰 군단 때문에라도 사람들은 그를 부러워했다.

"그런 뮬까지 죽였으니… 누구든 죽음이 두려워지겠지."

암살자가 볼 때에 헤르메스 길드 유저들은 이미 하벤 제국의 수도에서조차도 조심하고 있었다.

진작 사냥터로 웃으면서 떠났을 이들이, 최소한 몇 명 이상 모이지 않으면 술집에서 시간을 보냈다.

위드가 언제 조각 변신술 같은 것으로 습격할지 모르기 때문에 몬스터 사냥을 하면서도 심각할 정도로 주의를 기울였다.

심지어는 위드가 켄타우로스로 변신해서 무차별로 화살을 쏜다는 이야기가 널리 퍼지면서 조금도 방심할 수 없게 되었다.

위드에 대한 강박관념!

헤르메스 길드에서 위드를 두려워하지 않는 유저는 거의 없었다.

성을 몇 개씩이나 소유한 대영주라고 할지라도 몸을 사리고 있는 모습이었다.

"앞으로 발등에 불이 떨어지게 되겠군."

암살자는 로브 속에서 여자들을 매혹시킬 만한 멋진 미소를 지었다.

혼란스럽고 어두운 밤은 자신이 지배할 수 있는 세상이다.

영혼을 파괴하며, 피하지 못하는 죽음을 내리는 잔혹한 살육지배자가 바로 자신이었기 때문이다.

"위드가 뮬을 죽였다면, 내 목표는 보에몽이다. 뮬에게도 그다지 뒤처지지 않는 목표지."

거인 기사 보에몽.

바드레이의 친위대 소속으로, 하벤 제국의 정복 전쟁들을 지휘했다. 그가 정복한 영토만 해도 한 국가의 규모를 넘어설 정도였다.

헤르메스 길드를 대표하는 이름 중의 하나인 보에몽!

그러나 그는 의외로 부하들을 많이 거느리고 다니지 않는 허술함이 있었다.

스스로의 전투 능력을 바드레이 외에는 당할 자가 없다고 과시하고 있었기 때문인데, 암살자에게는 딱 좋은 먹잇감의 태도였다.

헤르메스 길드에 비상이 걸렸음에도 불구하고 수도 아렌성만큼은 아직 잠잠하다. 길거리에서도 헤르메스 길드원들을 흔하게 마주칠 수 있었기 때문에 일어나는 방심.

암살자는 기회가 오기만을 기다렸다.

"위험하지 않으면 암살이 아냐. 진정한 기회는 위기 속에서 나온다."

보에몽에게서 일정한 거리를 유지한 채로 뒤를 따랐다.

그가 시내의 상점에 있는 최고급 무기점에 들어갔다. 마침 무기점에는 헤르메스 길드원이 아닌 일반 유저들만 있었다.

암살자는 천장에서 뚝 떨어져 내리면서 보에몽을 단검으로 찔렀다.

"죽음의 습격!"

-치명적인 일격이 성공했습니다.
대상의 생명력과 마나, 체력의 최대치가 45%로 감소합니다.
뿌리 단검의 독성이 대상의 움직임을 봉쇄합니다.

"쾌액! 웬 놈이냐!"

보에몽이 자랑하는 양손도끼를 꺼내기도 전에 무려 일곱 번의 연속 공격이 성공을 거뒀다.

암살자는 장기간의 전투보다는 표적의 빈틈을 노린 단기간의 집중력으로 승부를 본다.

"이노옴!"

간신히 양손도끼를 꺼내서 휘둘렀지만 암살자는 이어서 그의 가슴에 단검을 5개나 꽂았다.

필살의 다섯 단검!

독을 바른 단검을 적에게 꽂을 때마다 효과가 누적되었다.

독의 가짓수가 늘어나면 서로 섞여서 그 어떤 대상이라도 죽이는 극독이 된다.

마스터하면 최대 12개까지 단검을 쓸 수 있는 암살자의 비기.

보에몽이 바바리안 기사가 아니었더라면 사용할 필요도 없었을 기술이었다.

—적색 기사단의 단장 보에몽이 사망했습니다.
하벤 제국의 5대 기사단장 중 1명의 목숨을 거두었습니다.

보에몽은 많은 도시를 정복하며 악명을 드높인 기사입니다.
그의 죽음을 기뻐하는 주민들이 많을 것입니다.

명성이 7,921 올랐습니다.
암살 성공으로 민첩이 2만큼 증가합니다.

암살 스킬의 숙련도가 증가하였습니다.
단검술의 숙련도가 증가하였습니다.

보에몽의 커다란 몸이 회색빛으로 변해서 사라졌다.

암살자는 살짝 웃었다.

"간단하군."

정말 강한 자들조차 버티지 못하고 순식간에 목숨을 잃는다.

삶과 죽음을 나누는 그 순간이야말로, 죽음을 몰고 오는 그림자라는 자신의 호칭에 가장 잘 맞았으니까.

이미 암살자 그에게도 헤르메스 길드가 이를 갈고 있었지만 개의치 않았다.

"그럼 가 볼까."

헤르메스 길드에서 이 소식을 아는 것은 시간문제.

서둘러 하벤 제국의 수도에서 빠져나가지 않으면 고립될 수가 있었다.

무기점을 나온 암살자는 간단한 여행자 복장을 하고 미리 봐 둔 도주로를 향해 몸을 날렸다.

위장술은 기본이라서, 이 지역 주민의 얼굴을 하고 있었기 때문에 쉽게 알아차릴 수도 없었다.

그가 빠져나가고 난 이후 하벤 제국의 주민들은 이야기했다.

"들었는가. 수도에서 기사 보에몽이 아무것도 못 해 보고 목숨을 잃었다지?"

"무서운 일이야. 자신의 집에서도 편안히 지낼 수가 없게 되었어."

"그에 대해서는 나도 전에 대충 들어 본 바가 있네. 몬토냐의 양념게……."

"쉬잇! 그의 이름을 함부로 꺼내지 말게. 그를 부르면 정말 나타나서 목숨을 가져간다는 이야기가 있어."

"허억, 그렇군!"

위드가 떠나 있는 동안에도 아르펜 왕국의 거센 활력은 멈춰지지가 않았다.

어려운 전쟁에서 승리를 거두었을 뿐만 아니라, 새로운 대지의 궁전도 재건설에 돌입하여 무섭게 형태를 갖춰 가고 있었다.

왕궁 건설은 북부에 자리를 잡은 건축가들에 의해 진행되었고, 수많은 북부 유저들의 노동력이 동원되었다.

마무리 작업은 대륙의 조각사들과 화가들이 총집결하여 참여했다고 해도 좋을 정도였다.

하지만 건설 사업에서는 예산 초과가 빈번하게 이루어지는 법!

"여러분, 왕궁 건설 자금이 모자랍니다. 더 이상 자재를 구입할 돈이 없어서 작업을 중단하고 완공 일정을 미루어야 합니다."

"납부! 납부! 납부!"

딱 1시간 후!

"왕궁 건설 자금의 마련이 종료되었습니다. 이제부터는 새벽의 도시 수로 건설 자금을 모집하겠습니다."

"납부! 납부! 납부!"

단숨에 모이는 건설 자금!

돈을 내면 명성과 국가 공적치가 쌓이고, 또 광장에 깔린 벽돌 한 장에라도 자신의 이름이 새겨졌다.

북부 유저들은 레벨은 낮더라도 돈은 충분히 가지고 있었다.

상인들의 활약과 낮은 세금으로 인해서 기본 생활 물가가 대단히 저렴했다.

오랫동안 버려진 비옥한 땅을 적극적으로 개간한 농부들, 숲에서 자란 나무 열매를 따서 팔아 치우는 엘프들, 바다의 해산물을 싹쓸이하는 어부들로 인해 식료품의 가격이 부담 없다.

무기와 방어구도 대장장이들의 노력에 의해 저렴하게 생산되었고, 퀘스트로도 많이 입수되었다.

심지어 하벤 제국과의 전쟁에서 적들을 전멸시키면서 얻은 무기류도 산더미처럼 쌓였다.

원래 퀘스트 등으로 물품을 얻었다고 해도 중앙 대륙에서는 함부로 도시의 상점에 팔지 않았다.

상점에서 매각을 하면 물품 가격의 30%에서 최대 65%까지를 세금으로 납부해야 하기 때문이다.

자칫하면 배보다 배꼽이 더 커지는 상황!

상인 유저들에게 판매하더라도 최소 세율은 20% 이상이었다.

그나마 레벨이 낮은 장비나 잡템 같은 것은 처리하기도 곤란했다.

소속 국가에 납부해야 하는 세금이 많으니만큼 물품을 원하는 유저들끼리의 물물교환을 기반으로 하는 경우가 다수 발생했다.

이에 반해 북부에서는 세금이 저렴한 만큼 상점을 이용한 공식적인 교역과 거래가 활발하게 진행되었다.

유저들은 무엇이든 쉽게 돈으로 바꿀 수 있었고, 낭비되는 시간도 절약할 수 있었다.

하루 중에 조금만 일하거나 사냥을 하더라도 편안한 생활을 하기에 넉넉한 돈을 벌 수 있었다.

특히 아르펜 왕국에서는 전설처럼 회자되는 잡템에 대한 일화가 있었다.

"내가 모라타에서 살고 있긴 하지만, 그건 예쁜 여자들이 많거나 도시가 아름답기 때문은 아니야. 퀘스트가 재미있거나 세금이 저렴해서는 더더욱 아니지!"

까칠한 초보 유저 키르!

그는 사냥 중에 얻은 4쿠퍼, 13쿠퍼짜리 잡템은 모두 버렸다. 상점에서 팔거나 상인 유저에게 거래해 달라고 하기 창피했던 것이다.

"이런 거 아니더라도 먹고살 수 있으니까. 돈 벌기도 쉬운데 배낭만 무겁잖아."

초보 유저들이라면 누구나 다 한 번쯤은 비슷한 고민을

했다.

처음에는 전리품이라면 닥치는 대로 무조건 줍다가 나중에는 1실버라도 돈이 안 되면 버린다.

그러나 위드가 지골라스에 다녀와서 전리품을 처분하는 과정을 많은 유저들이 보았다.

아이템이 그야말로 산더미처럼 쌓여 있었다.

"엄청난 모험을 하고 오셨나 봐. 진짜 끝내준다."

"우리도 위드 님처럼 환상적인 모험을 할 수 있겠지?"

그리고 산더미처럼 쌓여 있던 그 아이템들이 상인 마판에 의해 처분되기 시작했다.

달걀 껍질, 뾰족한 돌 조각, 버려진 붕대, 발톱 조각, 철광석 부스러기, 시들어 버린 꽃, 말린 과일 조각, 정체를 알 수 없는 오래된 뿔, 썩은 동물 뼈 등등.

아득하게 먼 북쪽 바다의 끝 지골라스에서 배로 운반해 온 아이템들치고는 정말 보잘것없었다.

심지어 위드는 그 잡템을 포기하지 않기 위해서 유령선들을 소환하여 하벤 제국 함대까지 격파했다지 않은가!

아르펜 왕국의 위드와 북부의 대상인 마판은 잡템의 가격을 일일이 평가하며 진지하게 이야기했다.

"위드 님, 이 낡은 지도는 상태가 도저히 거래할 수 없을 정도인데요."

"훗, 그거 항구 바르나에서 숙련된 뱃사공에게 팔 수 있습니다. 37실버짜리지요. 항해 성공에 대한 추가 보수도 지급 받을 수 있지요."

"오, 과연 그렇군요. 한 수 배웠습니다. 아시다시피 저는 바다 쪽은 잘 몰라서요."

"바르나에서 무역 선단을 운영하는 마판 님이 모르실 리가 없을 텐데."

"흠흠, 최근 관심을 조금 두고 있는 정도지요."

알뜰하게 모은 잡템들로 자잘한 퀘스트들을 해결하고 흥정을 통해서 몇 푼이라도 더 올려 받는 광경!

유저들은 입안 가득 짭짤함을 느꼈다.

'자, 자린고비다.'

'으악, 저렇게 살고 싶진 않아!'

국왕이며 북부의 절대자라고 할 수 있는 위드의 근검절약을 보며, 북부 대륙에서 잡템 판매는 하나의 당연한 문화처럼 되었다.

사냥터에서 잡템을 함부로 버리는 사람을 보면 큰 낭비라도 하는 것처럼 생각하게 된 것이다.

알뜰한 잡템 거래 문화는 키르와 같은 유저들까지도 사냥터에서 빠뜨리지 않고 전리품을 주워 오게 만들었다.

그렇게 모인 잡템들도 국가적으로 보면 큰 재산이 되었다.

경제 규모가 커질 뿐만 아니라, 필요로 하는 잡템들을 원활하게 구할 수 있게 되어 간단한 퀘스트들이 빠르게 완수되었다.

유저들과 주민들의 성장 속도에 미미하더라도 긍정적인 요인으로 틀림없이 작용되었다.

대지의 궁전, 새벽의 도시가 새로운 중심이 되었지만, 모라타의 끝없는 확장, 모드레드, 오크 성채 등의 도시 건설도 한창이었다.

비옥하고 넓은 땅을 가진 아르펜 왕국은 생산과 모험, 교역으로 경제력을 키워 나가고 영향력을 넓혔다.

과거 니플하임 제국 시절의 교통망을 중심으로 말과 마차가 돌아다니고, 유저들과 주민들이 모이며 옛 도시와 마을이 재건되고 있었다.

왕국 전체가 개발의 붐을 타고 발전하고, 유저들은 끊임없이 유입된다.

모라타와 인근 위성도시, 옛 니플하임 제국 도시들의 개발로 인해 아르펜 왕국은 더 이상 불편하다고 말할 수 없는 단계였다.

유저들이 북부 대륙을 떠돌며 퀘스트와 사냥, 교역을 왕성하게 수행했다.

왕국의 1달간의 경제성장률 38%!

로열 로드 초창기 중앙 대륙의 경제성장률을 완전히 압도하는 쾌거였다.

모라타의 기적이 아르펜 왕국 전역으로 옮겨붙어 활활 타

올랐다.

상인들은 북부를 누비면서 자유롭게 활동했고, 부족한 교통망이나 생산 시설을 부지런한 노력으로 극복해 나갔다.

아르펜 왕국에서 상인은 촉망받는 직업이었다. 막중한 세금에 허덕이는 중앙 대륙에 비해서, 상인을 선택하는 유저들이 훨씬 많았다.

아르펜 왕국의 유저들은 점차로 부유해지고 있었다.

벨로트는 하벤 제국 북부 정복 지역의 영주가 되었다.

그녀가 처음 본 것은 1,000여 명의 이주민들과 간이식으로 지어진 주택들.

하벤 제국군이 근처에 주둔하고 있어서 몬스터의 침략은 없다지만 난감한 상황이었다.

"마을 성장을 어떻게 해야 한담?"

화령이 헤르메스 길드 쪽으로 넘어오니 친분 때문에 충동적으로 같이하기로 결정한 그녀였지만 욕심은 있었다.

"상당히 멋지고 고급스러운 도시를 지어 봐야지."

교통의 중심지에 위치하여 관광을 기반으로 매일 축제가 벌어지는 환상적으로 아름다운 도시.

그렇지만 현실은 쟁기를 들고 있는 농부가 그녀에게 일할

밭을 달라고 요구하는 수준이었다.

하벤 제국에서는 지원금으로 3백만 골드를 주었다. 물론 필요하다면 추가 대출도 가능하다고는 했다.

이주민도 마을이 커지면 제공하겠다고 약속했다.

중앙 대륙에서도 반란군이 날뛰고 있는 만큼, 도시의 기반 시설이 파괴된 지역들이 상당수였고 많은 유랑민들이 발생하고 있었다. 그들을 모아서 북부의 정복 지역을 개발하겠다는 게 하벤 제국의 방침이었다.

"군대는 필요가 없을 거야. 기본적으로 마을의 규모를 키워 놔야 하니까 광산 개발과 농지 개간, 그리고 마을 주택 건설 사업을… 에휴."

벨로트는 견적을 뽑아 보다가 이미 250만 골드 정도가 필요하다는 것을 알고 자포자기했다.

마을을 시작부터 성장시키자니 정말 어려운 일이었다.

"영주님께서 우리의 목숨을 원하시면 드려야지. 고향을 떠나서 이 먼 곳에 묻히게 될 줄은 몰랐는데……."

"엄마가 보고 싶어요. 죽기 전에 봤으면 좋겠어요."

대부분 중앙 대륙의 강제 이주민이라서 주민들의 의욕이 떨어져 있다는 점도 불리한 부분이었다.

벨로트는 도움을 얻기 위해 마판과 접촉했다.

위드에게는 어떤 일이든 불가능이 없다면, 마판은 돈에 대한 감각이 매우 뛰어났다.

마판은 하벤 제국 몰래 평범한 방문객으로 벨로트의 마을을 둘러보고 나서 충고했다.

"도시 발전요? 그런 걸 뭐하러 합니까?"

"예?"

"헤르메스 길드에서 이주민들을 계속 제공한다고 했죠?"

"분명히 약속했어요."

"중앙 대륙의 혼란이 잦아들지 않고 있으니 이주민을 많이 보내 달라고 해서 전부 노예로 삼으세요."

"노예라니요, 왜요?"

"그야 강제 노동을 시키면서 막대한 착취를… 대충 재우고, 굶어 죽지 않을 만큼만 먹이면 되니……. 노예들을 투입할 만한 사업은 제가 따로 몇 가지 챙겨 드리죠. 노예들에게는 세금을 거둘 필요가 없습니다. 노예 자체가 그냥 다 영주의 재산이니까요. 자, 그렇게 충분한 돈을 모으면 부유층을 대상으로 한 관광 시설들만 짓는 겁니다. 주택 건설을 위해 낭비할 돈이 아까워요."

"허걱!"

"여긴 좋은 위치예요. 나중에는 일반 유저들을 위한 건물도 많이 지어 놓고 세금을 낮게 유지하세요. 그러면 마을이 커지고 도시로 발전할 겁니다. 계속 도시에 노예를 받아들이시고요. 재정 수입의 상당수는 노예를 통해 조성하는 것입니다!"

명쾌한 결론!

마판의 눈에는 벨로트의 리마르 마을이 엄청난 잠재력을 가진 노예 천국으로 보였다.

벨로트는 인간적인 고뇌 끝에 그 조언을 버리기로 했다.

주민들을 위한 최소한의 주택과 농지 개간, 그리고 남는 개발 비용으로는 지나다니는 유저들을 위한 필수 건물들을 건설했다.

그녀가 마을에 자리를 잡고 약 1달의 시간이 흘렀다.

주민들은 1,000명에서 4,000명까지 증가하고, 중앙 대륙에서 헤르메스 길드 유저들도 사냥과 개척을 위해 조금씩 찾아왔다.

그들이 가끔씩 쓰는 돈을 알뜰하게 모아서 도시 개발에 재투자했다.

관광객을 유치하기 위한 호화 호텔, 위대한 건축물 같은 건 꿈도 꾸기 어려웠다.

주민들은 불평했다.

"이렇게 살다가 늙으면 죽어야지. 의료 시설도 없으니 깔끔하게 죽을 수 있겠군."

"하루하루 아무 희망도 없다는 걸 영주님은 알고 있을까?"

"아이들을 위한 교육 시설은? 능숙한 사냥꾼이 모자라서 고기도 배부르게 먹을 수가 없어!"

아무리 잘해 줘도 주민들은 더 많은 것을 바랄 뿐이었다.

벨로트의 명성이나 도시에 대한 공적치가 낮기 때문에 통치가 정말 쉬운 게 아니었다.

무엇보다도 북부 대륙에서 넘치는 활기가 느껴지지 않아서 재미가 없었다.

"이럴 줄 알았으면 아르펜 왕국에서 영주가 될걸. 주민들 수만 명은 금방이었는데. 친한 유저들과 놀거나, 가몽 님이나 마판 님이 교역을 해 줄 수도 있고."

벨로트는 비로소 후회했다.

하지만 과정이야 어떻든 상관없었다.

위드는 중앙 대륙에서 신 나게 깽판을 치고 있으며, 아르펜 왕국의 주민들도 가만히 팔짱을 끼고 지켜보진 않았다.

검치와 수련생들을 중심으로 그들을 따르는 상당한 북부 유저들이 조인족과 함께 하벤 제국의 정복지에서 전투를 수행하고 있었다.

이미 몇 개의 마을을 박살 냈으며 제국군에도 심각한 피해를 입히고 있다는 소문이 돌았다.

전쟁은 끝나지 않았다. 하벤 제국과 아르펜 왕국은 반드시 다시 붙는다.

마판은 떠나기 전에 의미심장한 이야기를 해 주었다.

"상인은 물건을 팔면서 미래를 준비하는 직업입니다. 시류를 올바르게 읽지 않으면 돈을 못 벌어요. 하벤 제국은 비교가 안 되는 강대국이었지만 지금은 상황이 어려워졌죠."

"저도 소식은 듣고 있어요. 반란군이나 과거의 잔당과의 전투가 계속 이어지고 있다고……. 하지만 반란군은 계속 패배하고 있지 않아요?"

"그렇기는 하지만, 일은 벌이기는 쉬워도 수습은 힘들죠. 그쪽은 앞으로 계속 어려워질 겁니다."

"설마 지금까지의 이 모든 일들을 위드 님이 의도하신 건……."

벨로트는 최근까지 벌어진 상황들을 정리해 보며 전율을 금치 못했다.

헤르메스 길드와 아르펜 왕국의 전력 차는 너무 심해서, 같은 반열에 올려놓기가 어려웠다.

중앙 대륙을 통일한 하벤 제국의 경제력이나 군사력은, 가만히 놔두었다면 따라가기가 불가능했을 정도다.

대제국을 이룩했지만 역설적이게도 가장 빈틈이 클 때가 중앙 대륙을 정복한 직후다.

'위드 님은 일부러 빈틈을 드러내서 하벤 제국군의 무리한 공격을 유도해 전멸시키며 그들을 상대로 싸울 수 있다는 것을 증명했다. 이어서 준비된 계획에 의해 황궁까지도 무너뜨렸다면? 하벤 제국에 혼란을 일으킨 후에 더 많은 저항 세력을 모으려는 게 아닐까.'

헤르메스 길드를 제외한 모든 사람들이 위드를 싫어하진 않았다. 어쩔 수 없이 헤르메스 길드에 굴복하거나, 혹은 반발하고 있다.

그들의 뜻을 하나로 모을 수만 있다면 놀라운 힘을 발휘할 수 있을 것이다.

이미 풀죽신교라는, 활발한 분위기를 가지고 있으면서도 맹목적인 충성 단체까지 거느리고 있지 않은가.

마판 상회도 실제로는 위드의 지분이 상당하다.

북부 대륙의 상권에 상당한 지분을 가졌을 뿐만 아니라 중앙 대륙의 암시장에도 진출했다.

'대륙을 자신의 것으로 만들려는 상상을 실현시키고 있어.'

벨로트는 여러 영화를 하며 배역을 맡아 봤지만 위드처럼 치밀하고 큰 그림을 그리는 사람은 처음이었다.

'겉으로 보기에는 치사하고 야비하고 쪼잔한 노가다의 화신일 뿐이지만… 그런 식으로 얕보게 만든 거야. 대륙의 모든 움직임이 그의 손 아래에 있어. 적의 행동까지도 이끌어 내는 야망의 화신이었다니!'

벨로트의 생각이 어떻거나, 마판은 이야기를 계속했다.

"우리 아르펜 왕국은 엄청난 속도로 성장하고 있어요. 위드 님이 중앙 대륙에서 활약하는 것도 큰 의미가 있습니다."

"어떤 숨은 의미가 있나요?"

"예전에는 보복이 두려워서 못 했지만 이젠 참을 필요도 없어졌거든요. 때린 놈은 잊어버리고 살지만 맞은 놈은 늙어서도 마음고생을 하다가 화병으로 죽는다고… 복수나 보복처럼 시원한 단어가 없다고 하셨죠."

"……."

"흠흠, 하벤 제국과 아르펜 왕국의 관계도 나중엔 분명히 바뀌게 되리라고 생각합니다. 그때를 기다려 보세요."

벨로트는 이대로라면 그녀가 다스리는 땅도 언젠가 아르펜 왕국에 포함될 것이라 믿었다.

그날이 오면…….

"위드 님을 국왕으로 모셔야 하는데, 설마 나마저 착취를 하진 않겠지?"

벨로트는 온몸에 소름이 돋는 기분이었다.

위드가 훌륭한 선정을 펼치는 국왕으로 평가받고 있다곤 해도, 그의 본성만큼은 더욱 의심스러워졌다.

자신에게 아직도 미련을 갖고 가끔 귓속말로 속닥거리는 베키닌의 3마리 미친 상어들이 해적단으로 거센 바다를 평정하고 있는 것을 보라.

그들은 위드에 대한 배신은 꿈도 꾸지 않고, 그야말로 진정한 스승으로 우러러 모시고 있었다.

The Legendary Moonlight Sculptor

고귀한 조각품

위드는 드래곤 라투아스를 만나러 가기 전에 흐르는 강물로 가서 깨끗하게 목욕을 했다.

"더럽다고 죽일지 몰라. 드래곤이라는 족속은 성격이 보통 고약한 게 아니다 보니 트집을 잡힐 만한 일은 만들어선 안 돼."

시원한 강물에 몸을 씻고 나와서는 드래곤에게 배달해야 하는 퀘스트 아이템 유스켈란타의 거울로 자신의 얼굴을 비춰 봤다.

레벨 제한이 자그마치 1,000에 달하는 아이템이었다.

몬스터 봉인 등 가능한 특성을 사용할 순 없더라도 모습을 비춰 주는 일반적인 거울로서 활용할 수는 있었다.

"음, 내 입으로 할 말은 아니지만 잘생겼군. 평소에 관리를 안 해서 그렇지 씻으면 확실히 광이 난단 말이야."

누렁이와 금인이가 지켜보고 있었다.

"음머어어어어, 아까랑 똑같다."

"골골골. 달라졌다. 물이 묻었다."

본인만 아는 미세한 차이!

위드는 깨끗하게 씻고 나서 초보용 복장으로 갈아입었다.

목숨을 잃더라도 후회가 덜하도록 다른 장비들은 일절 착용하지 않았다.

이제 퀘스트의 기한까지는 고작 하루밖에 남아 있지 않았지만 그림 이동술이라면 곧바로 갈 수 있었다.

라투아스의 레어.

그는 로자임 왕국의 남쪽 지역에 있었다.

때가 되자 빛의 알갱이들과 함께 유린이 마법처럼 나타났다.

"오빠."

"그림 이동술을 쓸 준비는 됐지?"

"레어 부근의 지역에 대한 그림은 그려 놓았어. 바로 출발이 가능해. 그리고……."

"응?"

"관은 오동나무가 좋겠지? 음, 박달나무로 할까?"

"……."

위드는 길게 한숨을 쉬었다.

역시 여동생과 친하다 보니 이런 농담도 주고받을 수 있는 것이란 생각이 들었다.

'이 재미없는 농담도 가족이니까 나누는 행복이라고 할 수 있지.'

그러면서 다정한 눈으로 여동생을 봤다.

'어느새 이렇게 자랐구나.'

할머니와 여동생.

가족이라고 해 봐야 많지도 않았으니 늘 신경 쓰면서 아껴 주고 보살펴 줘야 마땅하다.

때때로 사건을 일으키거나 사고가 생기기도 했지만, 그렇더라도 결국 가족이 주는 따뜻함은 무엇으로도 바꾸기 어려웠다.

여동생이 큰 사고나 탈 없이 예쁘게 자라 준 것만으로도 고마웠다.

'어떤 도둑놈이 데려갈지 몰라도 정말 복 받은 녀석이지. 아니야, 아까워서 못 보내겠어. 평생 끼고 살아야 해.'

유린은 계속 재잘거리고 있었다.

"확 타서 죽으면 관도 필요가 없을 텐데. 아님 그냥 녹여 버리려나. 오빠, 요즘 죽어 본 지 오래됐잖아. 슬슬 한 번쯤 죽을 때도 되지 않았어?"

"……."

"딱 죽기 좋은 기회잖아?"

위드는 유린이 어릴 때를 떠올렸다.

엄마 아빠 없이 자신의 등에 업혀 다니던 꼬마 아이.

몇 살 차이 나지도 않지만 딸처럼 키웠다고 해도 과언이 아니었다.

'콧물도 참 오래 흘렸지. 식탐도 심해서, 먹을 것만 보면 침을 질질 흘리며 참질 못했고, 중고등학교 때는 잠깐 동안 나쁜 친구들도 사귀었지.'

그래도 대학을 다니면서 장학금까지 받을 정도로 바뀌었다.

부모님이 계셨다면 참 뿌듯하고 기뻐하셨을 텐데.

여동생과 보낸 시간이 정말 길었다.

'이젠 좋은 남자가 나타나면 빨리 시집이나 보내 버려야겠군.'

유린의 그림 이동술을 통해 라투아스가 있는 그레고달 산맥의 아래까지 바로 도착했다.

강물이 도도하게 흐르고, 숲에서는 새들의 울음소리가 들렸다.

"오빠, 그럼 난 갈게."

"그래. 나중에 필요하면 연락할 테니까……."

위드는 그림 이동술로 와 달라고 부탁하려고 했다.

"관 짜 놓고 기다릴게!"

혀를 쏙 내밀더니 빛의 알갱이를 일으키며 사라지는 유린!

"역시 여동생이란… 아침저녁으로 패 둬야 하는데."

오빠이고, 아빠처럼 느끼기도 하니까 어리광을 피우는 거란 생각이 들었다.

특히 밝고 활발한 모습을 보니 기분이 좋았다.

유린이 우울하고 칙칙하게 집에만 있던 때를 떠올리니 지금은 훨씬 보기가 좋았다.

"앞으로 언제 한번 다리몽둥이를 분질러 놓으면 시집가기에 충분히 철이 들겠지."

다 큰 처녀에게 위험한 생각도 잠깐.

위드는 그레고달 산맥을 오르기 시작했다.

시간 조각술이 있는 만큼 웬만한 몬스터들은 두렵지 않다.

다만 다크 게이머 연합에서 그레고달 산맥의 드래곤 레어 영역에 대해 평가한 자료를 보았다.

-탐험자 레인입니다.

지금은 오래된 과거가 되겠군요. 막 레벨 180을 달성했을 때 드래곤의 레어를 전문적으로 찾아다녔습니다. 죽어도 잃을 게 없다 보니 혹시라도 대박을 노려 봤던 거죠. 모험이란 위험이 클수록 보상 역시 대박이 아니겠습니까.

당시에는 로열 로드 초창기에 가까웠기 때문에 혹시라도 보물을 얻거나 전설급의 무기라도 얻는다면 남들보다 빨리 성장할 수 있어서 가치가 대단했습니다. 물론 팔더라도 비싼 값을 받을 수 있겠지요.

아무튼 각설하고.

그레고달 산맥에는 현재까지 밝혀지기로 2마리의 드래곤이 살고 있다고 합니다.

블루 드래곤 라투아스와 블랙 드래곤 커미나드.

저는 커미나드의 레어로 들어가려고 하다가 입구에도 가지 못하고 몬스터에 의해 죽었습니다.

엄청난 몬스터들이 개미 소굴처럼 바글바글했습니다. 그 사실로 미루어 보아 드래곤의 레어 부근에는 몬스터가 많다는 사실을 알 수 있었죠.

위드도 과거 토르 왕국에 서식하고 있는 블랙 드래곤 케이베른의 레어에 간 적이 있었다.

드워프의 삥을 뜯는 악룡 케이베른!

단지 실력이 훌륭한 조각사라는 이유만으로 벨소스 왕의 무덤에서 얻은 진귀한 아가테의 수정으로 만든 보석 조각품을 상납해야 했다.

수천 개의 수정을 은실로 엮어 드래곤의 형상을 만들어서,

바람이 살랑이기만 해도 우아하고 찬란하게 빛나던 조각품!

떠올리기만 해도 즉시 아랫배가 살살 아파 왔다.

"어떻게 해서든 드래곤과 엮이면 안 되는데. 이 퀘스트는 여기서 끝을 내야 해."

위드는 정신을 바짝 차리기로 했다.

그가 걸어가는 길목에 서 있는 리치 1마리!

해골 지팡이를 들고 붉은색 로브를 입고 있는 리치였다.

위드는 버릇처럼 바로 견적을 뽑았다.

'왕관을 쓰고 있진 않군. 일반적인 리치보다 더 대단한 아크 리치는 아니야. 시커멓게 변한 해골 지팡이를 봤을 때 익히고 있는 마법은 아마도 흑마법 계열로 추측되고. 까다로운 적수군. 거리를 좁히더라도 블링크 마법을 써서 피하겠지.'

리치의 주특기를 파악하는 것도 전투에 많은 도움이 된다.

위드는 무기도 가지고 오지 않은 이상 정면으로 싸우지 않고 멀리 돌아가려고 했다.

-인간이여.

그런데 리치가 위드에게 말을 걸었다.

-라투아스 님께서 기다리고 계신다.

위드는 상황을 이해했다.

'드래곤의 집사가 마중을 나왔군.'

드래곤들은 자신들의 고상한 취미와 지적 욕구를 만족시키기 위해 인간을 부하로 부려 먹다가 수명이 다해서 죽으면 리치로 만든다고 한다.

실로 끔찍한 노예 생활일 수도 있지만 실제로는 상당히 높은 대우를 받았다.

영역 안에 있는 드워프들을 착취하는 업무에서부터 레어의 많은 노예들을 다스리기까지 했다.

'즉, 일종의 관리직 노예란 이야기지.'

위드는 마판의 상회 직원들을 통해서 드래곤 라투아스와 관련된 정보들을 찾았다.

신뢰도가 확실한 것은 아니었지만 지역 전설과 귀족 가문, 왕실 기록 등을 통해 드래곤에 대한 방대한 자료를 찾아볼 수 있었다.

드래곤 라투아스는 악룡 케이베른과는 달리 대외적인 활동을 거의 하지 않았고, 그렇기 때문에 활동에 대해 남겨진 특별한 기록은 없었다.

'아주 심하게 나쁜 놈은 아니란 뜻이지. 역사서에 보면 악룡 케이베른은 심심하면 다른 왕국에 금은보화를 요구했다는데, 라투아스에 대한 기록은 거의 없어. 케이베른의 레어에 있는 보물만 훔칠 수 있다면 아마 한몫 단단히 챙길 수 있을 텐데.'

위드는 리치의 눈치를 보며 품에서 새끼 거북이를 꺼냈다.

끝없는 생명을 가진 리치가 좋아하는 애완동물로 알려진 거북이!

물론 당연하게도 뇌물로 주려고 챙겨 온 것이었다.

오고 가는 뇌물과 챙겨 주기 속에서 싹트는 신뢰와 상호 우호 관계!

-이게 무엇이냐.

"저의 소소한 정성입니다."

상대가 정색을 하고 거부한다면 난감한 상황이 될 수도 있었다.

근면 성실하고 청렴결백한 기사에게 뇌물을 주어서는 오히려 친밀도가 하락하게 된다.

위드는 만약 그런 일이 벌어진다면 뇌물을 주는 쪽에서 정성이 모자랐기 때문이라고 생각했다. 진정한 뇌물이란 상대방이 받고 있다는 것도 모르게 주는 것!

누군가를 떠올리면 어설픈 인간관계보다는 바로 어떤 뇌물을 바쳤는지부터 떠오를 정도가 되어야 진짜 잘 줬다고 할 수 있다.

그래도 리치에게는 그냥 대놓고 꺼냈는데, 어차피 드래곤의 하수인인 만큼 도덕적일 리가 없기 때문이었다.

-작고 흰 거북이로군.

"귀한 것입니다. 어쩌다 얻게 되었는데, 험한 바다에서 무사히 성장할 가능성은 낮습니다. 인간의 손에서 괴롭힘을 당하기보다는 이곳에 머무르면서 살면 거북이도 훨씬 좋을 것입니다."

-나도 그렇게 생각한다. 라투아스 님의 레어야말로 천국이니까.

"그리고 이건 소소하지만 거북이가 살 집입니다."

위드는 황금으로 된 거북이 집을 꺼냈다.

순도 100%의 금.

피를 토하는 기분으로 만든 작은 연못과 집을 표현한 조각품!

걸작과 같은 작품은 아니었어도 예술적 가치가 무려 374에 달했으며, 들어간 재료비만 하더라도 4,000골드나 되었다.

"필요할 것 같아서 미리 준비를 해 봤습니다. 거북이가 아주 마음에 들어하더군요."

-그렇다면 거북이를 위해서 쓸모가 있겠군.

거북이와 황금 집을 받는 라투아스의 리치의 턱뼈가 조금 벌어졌다.

인간이었다면 입이 찢어지는 상황!

-무엇을 꾸물거리는 것이냐. 라투아스 님께서 분노하시기 전에 어서 가자.

짐짓 사납게 말했지만, 어느새 목소리는 많이 누그러져 있었다.

위드는 적지에서 작은 도움을 줄 수 있는 관계를 형성했다. 물론 드래곤이 자신을 죽이려고 하면 도와주지 않겠지만, 평소에 약간이라도 우호도를 높여 놓는 게 중요했다.

뇌물을 바를 때는 충분히, 그리고 위에서부터 아래까지 마구 살포해야 했다.

위드는 드래곤 라투아스를 만나기 전에 많은 상상을 했다.

그는 케이베른과 비교하여 과연 얼마나 위협적이고 강할 것인가. 혼돈의 드래곤 아우솔레토와 달리 온전한 드래곤의 전투 능력은 어느 정도나 될 것인가.

'전투력을 확실히 알거나, 약간의 빈틈이라도 발견해 낸다면 엄청난 자산이 될 수 있다.'

악룡 케이베른의 레어에 갔을 때에도 모든 것들을 봐 두었다.

위드가 끊임없이 강해진다면 언젠가는 드래곤도 목표로 삼을 수 있기에!

사막의 대제왕 퀘스트를 할 때에도 아우솔레토라는, 드래곤 종족 중에서도 역사에 남을 만큼 특별히 강력한 녀석을 해치웠다.

위드의 레벨이나 전반적인 전투력이 그에 훨씬 미치지 못한다고 하더라도 다르게 가지고 있는 것들도 아주 많았다.

잡다한 스킬과 조각술의 비기들을 활용할 수 있고, 조각 생명체에, 결정적인 순간에는 궁극의 스킬인 시간 조각술까지도 사용이 가능하다.

검치와 수련생, 페일 일행 등 조력자도 많이 있을 뿐만 아니라, 풀죽신교라는 절대적인 지지 단체까지 있다.

위드가 드래곤죽을 만들자고 외치고, 가능성이 조금이라도 있으면 뛰어들 고레벨 유저도 상당한 것!

지금까지 퀘스트와 사냥에서 불패의 신화를 쌓았기에 충분히 가능한 미래였다.

-인간이여, 그대는 알지 못하겠지만 나는 오랜 시간 이날을 기다렸다.

블루 드래곤 라투아스는 거대한 몸을 눕힌 채 레어에서 기다리고 있었다.

그는 지혜롭고 현명한 눈으로 한참이나 작은 위드를 내려다보았다.

베르사 대륙에서 어린 드래곤들은 몇백 년 안 되는 시간을 살았지만, 성장을 마친 큰 드래곤의 나이는 최소 1천 살 이상이라고 한다.

그야말로 까마득한 시간을 살아온 드래곤이었다.

'드워프와 엘프에게 생일상만 받아 챙겨 먹어도 엄청난 부자가 되었겠다.'

위드는 공손히 고개를 숙였다.

"위대하신 분을 뵙습니다. 약속된 기한은 맞추었지만 너무 늦어서 죄송합니다."

–지나간 일이지만 내가 페어리의 여왕에게 내린 벌은 자유를 빼앗아 버린 너무 가혹한 것. 훗날 후회했지만 돌이킬 수는 없었다.

"이해합니다, 위대한 분이시여."

위드는 곁눈질로 레어를 살폈다.

악룡 케이베른의 거처에는 보물이 산처럼 쌓여서 번쩍였다. 라투아스는 그에 비하면 레어가 광장처럼 넓기만 하고 텅 비어 있었다.

'드물지만 보물에는 관심이 없는 검소한 드래곤이거나, 혹은 다른 창고에라도 넣어 둔 모양이야. 창고일 가능성이 높겠지.'

훗날 라투아스를 사냥할 수도 있었으니 가능하면 드래곤이 많은 보물을 모아 놨기를 원했다.

'어쩌면 딴 집 살림까지 의심해 볼 만하지.'

위드의 머리는 아주 빠르게 돌아갔다.

드래곤과의 대화를 조금도 놓쳐서는 안 되고, 눈동자를 굴리면서 최대한 많은 것을 봐 놔야 했다.

–너무나도 기다렸다. 그대가 가져온 것을… 보도록 하자.

"예. 바로 드리도록 하겠습니다."

위드는 조심스럽게 실버 드래곤 유스켈란타의 거울을 꺼냈다. 그러자 거울은 두둥실 떠서 라투아스에게로 향했다.

라투아스의 얼굴이 조금 더 가까이 내려왔다.

—그녀의 거울…이 맞구나.

드래곤의 눈동자가 떨렸다.

마치 눈물이라도 쏟아 낼 것 같은 표정!

'드래곤끼리 색이 다른 걸 보니 가족은 아니고, 역시 좋아하는 사이였군.'

대학교의 같은 학과에도 연인들이 있는데, 드래곤이라고 커플이 되지 말란 법은 없었다.

띠링!

라투아스의 레어 완료

블루 드래곤 라투아스는 실버 드래곤 유스켈란타의 유품을 가져온 인간을 반갑게 맞이했다.
그는 다시 옛 추억을 되새길 수 있을 것이다.

옛 추억이 담긴 물건을 무사히 건네주었으니 배송 업무는 성공적으로 마쳤다.

'보상은 없군. 욕심 부릴 일이 아니야. 더 이상 드래곤과 엮이지 않는 것만으로도 다행이다.'

위드는 이렇게 퀘스트를 끝낸 것으로도 만족스러웠다.

'당장은 아니지만 나중에 내가 다시 올 때는 라투아스의 목숨을 빼앗기 위한 날이 될 것이다.'

수만 명의 대병력을 이끌고 드래곤 사냥을 나서게 될 것이다.

샤먼이나 성직자의 고위 직업에는 특수 기술 봉인, 마법 봉인 등이 있었다. 일정한 제한 등이 따르고 상대의 능력에 따라 지속 시간이 달라지기도 하지만, 어쨌든 드래곤 사냥이 앞으로도 영원히 불가능하진 않으리라.

중앙 대륙에 명문 길드들이 그대로 유지되었다면 더욱 체계적인 공략이나 도전에 나섰을 수도 있었다.

물론 위드는 아우솔레토를 상대해 본 만큼 지금 유저들의 수준으로 승산을 분석해 보면 높게 쳐줘도 1%가 되지 않을 것이다.

드래곤이 어지간히 멍청하게 싸우면서 함정에 연속해서 빠지지 않는다면 아무리 많은 노력을 기울인다고 해도 어렵다.

하늘로 날아가는 것을 막거나, 숨통을 끊을 만한 결정적인 공격을 가할 능력조차 부족했다.

하지만 모든 직업들의 최정점에 달한 인간들과 다른 종족들이 모여서 스킬들을 활용한다면 기적을 노려 볼 수 있었다.

현재는 헤르메스 길드나 위드 정도만이 드래곤 사냥을 준비할 수 있었다.

향후에는, 북부의 영주들도 세력을 키운다면 언젠가는 꿈이 이루어지리라.

드래곤이야말로 최종 보스 중의 하나.

혼돈의 드래곤 아우솔레토에게도 수천수만의 엠비뉴 교단 사제들과 광신도들이 거침없이 휩쓸려 가고 말았다.

병력이 많다고 해서 꼭 이길 수 있는 것도 아니겠지만 또 꼼수란 쓰라고 있는 게 아니겠는가.

"위대하신 분을 뵙게 되어 무한한 영광이었습니다. 앞으로도 만수무강하시기를."

위드가 물러가려고 뒷걸음질을 치는데, 라투아스가 거울에서 고개를 들었다.

블루 드래곤의 커다란 사파이어처럼 번뜩이는 눈동자가 위드를 쳐다보았다.

-인간이여, 나에게는 중요한 일을 해 준 그대를 이대로 보낼 수는 없다.

위드는 0.1초 만에 대답했다.

"그렇다면 제가 쓸 만한 명품 검이나 한 자루… 허억, 아닙니다. 저는 어떤 보답을 바랐던 것도 아니고, 테네이돈 님의 부탁에 의해 왔던 것일 뿐입니다. 이 일에 대한 어떤 공이 있다면 그것은 페어리의 여왕 테네이돈 님께 주소서."

원하는 요구를 하려다가 발 빼기로 급전환했다.

아무리 좋은 물건을 가져다주었다고 해도 공적치나 친밀도가 모자라다는 판단에 의해서였다.

드래곤의 레어로 들어오기 전에 했던 다짐대로 뒷일은 테네이돈에게 전부 미루고 무사히 빠져나가기만 해도 성공이었다.

-그대에게서는 좋은 향기가 나는구나.

'허억.'

위드의 안색이 하얗게 질렸다.

'설마 이놈은 식인 드래곤이었던 것인가!'

그래서 역사서 등에도 별 자료가 없었던 건지도 모른다는 생각이 들었다.

-나는 특별히 인간을 좋아하진 않는다. 그들은 파괴적이고 다른 생명들을 존중하지 않기 때문이다. 그러나 그대에게서는 맑은 정령의 향기가 풍기고, 대자연의 기운이 감싸고 있다. 인간으로서 또한 불가능의 영역이라고 일컬어지는 예술을 추구하고 있으니 존중받아야 할 가치란 충분하다.

-블루 드래곤 라투아스의 인정을 받았습니다.
명성이 4,390 증가했습니다.

-호칭 '드래곤의 예술가'를 획득하셨습니다.
예술에 대한 대단한 열정과 작품, 명성을 가지고 있으면서 최소 2마리 이상의 드래곤으로부터 인정을 받아야 얻을 수 있는 호칭입니다.
예술 스텟의 증가 속도가 4% 증가합니다.
조각사가 완수하는 조각 퀘스트의 경험치와 명성 획득을 11% 증가시켜 줍니다.

위드의 입가에 만족스러운 미소가 맺혔다.

예술 스텟이 많으면 여러모로 도움이 되었다. 하지만 그럼에도 불구하고 드래곤에게서 발을 빼고 싶은 마음은 여전했다.

"인정해 주셔서 감사합니다. 그러나 세상에는 저보다도 뛰어난 예술가들이 있습니다. 예를 들어서 페트라는 화가의 실력이 훌륭합니다."

동료도 팔아먹을 판에 잠재적인 경쟁자라고 할 수 있는 떠돌이 화가 페트 정도야 얼마든지 도매로 떠넘길 수 있었다.

-그대의 압도적인 명성을 의심하지 말라. 수많은 예술가들이 자신이 살아 있는 동안 빛을 발했지만, 인간의 역사에서도 그대는 손에 꼽을 만한 정도이며, 현시대에서 가장 뛰어난 예술가임에는 틀림이 없다.

'커헉.'

칭찬이 부담이 되는 상황!

'정말 무슨 보물이라도 하나 주려고 하나. 그렇다면 받아두는 것도…….'

-예술가여, 그대에게 부탁하고 싶은 일이 있다. 이 대륙에서 오직 그대만이 가능한 일이니 길게 설명하지 않으리라. 모든 지원을 아끼지 않을 테니 내 친구, 유스켈란타의 조각품을 만들어다오.

띠링!

실버 드래곤 유스켈란타

드래곤 라투아스의 부탁에 따라 유스켈란타의 조각품을 만들라!

지고한 조각사에게만 주어지는 기회.
드래곤 레어에 있는 재료들을 마음껏 이용하여 조각품을 제작할 수 있다.
라투아스는 대륙에 최고의 예술가로 명성을 날리는 당신의 실력을 믿는다.
그렇기에 더더욱 드래곤의 까다로운 눈높이를 완벽하게 맞춰야 한다. 만약 그러지 못한다면…….
조각품을 만들 기회는 최대 2회 주어지며, 완성까지의 기한은 1개월 이하이기를 바라고 있다.

난이도 : 최고의 작품
보상 : 라투아스의 신임.
퀘스트 제한 : 최고의 예술가 한정.

"으음."

뜬금없이 드래곤의 조각품이라니, 상당히 까다롭고 어렵다는 생각이 들었다.

'퀘스트 내용조차도 거의 협박이나 다름이 없군. 포기해버릴까. 조금 아쉬울 것도 같은데. 이건 불가능한 모험도 아니잖아.'

조각품을 만드는 일은 대단히 익숙했다.

로열 로드를 하면서 끊임없이 사냥, 혹은 조각품을 깎아 왔다고 해도 과언이 아니다.

어떤 퀘스트를 하면서도 쉬지 않고 조각품을 깎았기에 그 노력만큼은 누구도 뒤따라 잡기 힘들 정도다.

온갖 경험과, 조각품에 대한 새로운 시도 역시 많았다.

최상의 재료들을 쓸 수 있다는 점에서도 좋은 기회였다.

'곧 조각술도 마스터에 오를 텐데… 평범한 작품들만 해서는 갈 길이 멀어.'

각오만 단단히 한다면 드래곤의 의뢰에 따라서 조각품을 만들지 말란 법도 없는 것!

'거절한다고 해도 어떻게 해서든 결국에는 하게 만들 거야. 쓸데없이 거절해서 친밀도를 낮출 필요는 없을 테지.'

드래곤의 말처럼 거장 조각사라면 바로 자신이 아니겠는가.

위드는 길고 긴 고민 끝에 담담하게 말했다.

"최선을 다해 보겠습니다."

—퀘스트를 수락하셨습니다.

위드는 그날부터 라투아스의 레어에 자유롭게 드나들 수 있게 되었다. 드래곤의 레어를 마음껏 구경할 수 있는 최초의 인간으로 허락된 것이다.

물론 이 장면들은 차후에 방송국을 통해서 많은 유저들이 볼 수 있게 될 것이다.

드래곤 사냥에 도움이 될지도 모르지만, 그건 아무나 시도할 수 있는 일은 아니니까.

레어에는 약 100미터에 달하는 높이의 엄청난 서재가 있고, 내부에는 마법 실험 창고, 보물 창고, 일꾼들의 숙소 등으로 연결되는 통로가 있었다.

구조는 50평형대 아파트와 비슷하다고 할 수 있지만 넓이만큼은 그레고달 산맥 안의 하나의 왕궁처럼 엄청났다.

당연하게도 리치를 비롯해 키메라, 바다 생명체 등으로 구성된 살벌한 가디언들이 통로와 입구마다 지키고 있었다.

위드에게 허용된 것은 마법 실험실과 보물 창고까지!

마법 재료와 보물 창고에 있는 조각 재료를 꺼내어 사용할 수 있었다.

드래곤의 연금술로 제작된 각종 희귀한 재료들, 대륙에서 보기 어려운 새로운 마법 재료가 있었다. 보물 창고에는 등산을 해야 마땅할 정도로 황금과 보석이 쌓여 있었다.

"여기가 한국은행이구나. 이걸 다 팔아 치우면… 못 살 게 없겠다."

위드는 극심한 정신적인 스트레스를 받았다.

'눈으로 보면서도 아무것도 가져가지 못한다니!'

금괴와 현찰이 가득 쌓여 있는 한국은행 금고에서 그냥 자장면만 먹고 나오라는 것과 같은 상황!

마법 실험실의 책장에서는 드래곤이 모은 서적들을 대충 훑어볼 수 있었다.

《물 회오리 마법의 확대 연구》.

《육체의 기능 강화》.

《생명체의 202가지 실험》.

마법 주문, 강화, 교양과 관련된 수백 종의 책이 있었다.

위드는 당연히 읽어 보려고 했다.

드래곤 라투아스의 마법 기록 #54

물의 특성을 최대한 활용하기 위한 방법으로…….

띠링!

-지혜가 부족해서 읽을 수 없습니다.

독서 불가능!

평소에 다양한 스텟들을 쌓으면서도 지식이나 지혜는 방치해 두었던 결과였다.

'마법사라면 이익이 크겠군. 나야 별로 관계가 없지만.'

위드는 집중해서 조각품이나 만들기로 했다.

대륙으로 나가서 해야 할 일도 정말 많다. 드래곤의 퀘스트나 깔끔하게 끝내고 떠나면 되는 것이었으니까.

"조각품은 어디에 만들까요?"

-그대가 원하는 곳에. 내 생각에는 레어의 입구가 넓으니 그곳이 좋을 것 같다.

"빛이 잘 들어오는 곳이니 좋겠군요. 제 생각에도 이곳이 가장 좋은 위치입니다."

위드는 주변 공간을 잘 살폈다.

조각품은 일종의 설치 미술이라고 할 수 있으니 주변과 섬세하게 어울려야 한다. 특히 빛이나 주변 색과의 조화는 필수적이었다.

그레고달 산맥에서 느껴지는 웅장하고 수려한 산의 형태와 기운.

드래곤의 조각품을 만들기에 잘 어울렸다.

'유스켈란타. 뭐, 조각할 대상은 이미 확정되었고… 드래곤의 모습도 원래와 비교해 크게 다르게 할 수 없겠지.'

우스꽝스럽거나 혐오스러운 조각품이 되어선 안 된다.

'그렇다면 내가 할 수 있는 시도는 제한적이라는 건데. 상당히 어려울 수도 있겠다.'

유스켈란타의 그림은 리치가 가져다주었다.

순수하고 고결한 실버 드래곤. 찬탄이 나올 정도로 품위 있고 우아하게 생긴 드래곤이었다.

"과연 멋지고 아름답군요."

-라투아스 님의 친구분이었다. 너는 마땅히 최선을 다해야 할 것이다.

"제 예술혼을 아낌없이 불태워 보겠습니다."

뇌물의 힘 때문인지 조금은 호의적인 리치.

위드는 유스켈란타의 그림을 몇 번이나 확인했다.

'아름다운 드래곤이군. 다행히 모델이 좋으니 뭐라도 잘 나올 수 있겠지.'

사람도 마찬가지지만 드래곤이라고 해서 다를 게 없다. 다 같은 강아지라고 해도 체형에 따라서 드러나는 느낌이 달라진다.

유스켈란타는 날씬하면서도 암컷 드래곤 특유의 부드러운 분위기를 가지고 있었다.

혼돈의 드래곤 아우솔레토가 적당히 살집이 있고 눈매도 매섭기 짝이 없는 폭력 전과자라면, 이쪽은 인간들의 친구이며 인도자 같은 느낌.

드래곤은 압도적인 강함과 지혜로움 때문에 베르사 대륙을 대표하는 생명체였다. 위드야 드래곤과 악연으로 많이 엮였지만 지혜로운 드래곤은 퀘스트에 도움이 된다고도 한다.

'드래곤의 조각품이라면 시도해 볼 가치가 있지. 더더군다나 상당한 지원을 받을 수 있다.'

썩은 나무토막, 굴러다니는 돌 조각으로 죽기 살기로 조각술 스킬을 올렸다. 최상의 재료를 바탕으로 조각품을 만들 수 있는 기회란 흔치 않았다.

위드는 라투아스에게 요청했다.

"조각을 하기 위해서 은이 많이 필요합니다."

-원하는 만큼을 말하라. 얼마나 필요한가?

위드가 잠깐 머리를 굴렸다.

'최대한 많이 요구해야지. 그래야 조각품이 썩 마음에 들지 않았더라도 재료 탓을 할 수 있지 않겠어?'

잠깐 계산 후에 넉넉하게 말했다.

"순도 99.99% 이상의 순수한 은으로 3만 킬로그램 정도……."

실버 드래곤 유스켈란타의 크기에 맞춰서 일단 말을 해봤다.

'너무 무리하게 이야기를 했던 건 아닐까. 친밀도라도 떨어지면…….'

-그 정도면 되겠는가?

"네. 조금 더 있으면 넉넉하긴 할 겁니다."

-4만 킬로를 내주겠다. 더 필요하면 언제든 이야기하라.

"허억!"

레어에서 일하는 드워프들이 보물 창고에서 은괴를 옮겨오기 시작했다.

레어 입구에 수레째로 쌓이기 시작하는 은괴!

로열 로드에서 은의 가격은 그때그때 조금씩 변한다. 대략이지만, 금보다는 칠십분의 일 정도로 싼 가격이었다.

그렇지만 이렇게 많은 은괴의 산이 쌓이다니!

'이 드래곤이 검소하다고 생각했던 건 착각이었어. 월세를 사는 서민이 강남 빌딩 부자를 걱정해 주는 거나 마찬가지였군.'

순수한 은이었지만 원하는 형태를 만들기 위해 녹여서 정련을 할 필요는 있었다.

위드에게는 드워프들에 대한 지휘권도 주어졌다.

"이 은을 녹여 주십시오."

"알겠네."

드워프들은 구시렁거리지도 않고 바로 일을 했다.

인근 드워프 마을에서 매년 100여 명씩의 드워프 대장장이들이 일을 하기 위해서 레어로 불려온다.

드워프 마을에서 공인된 대장장이들인 만큼 실력은 의심할 여지가 없었다.

아울러 드래곤이 지켜보는 이상 술을 마시거나 농땡이를 친다는 건 엄두도 낼 수 없었다.

뛰어난 대장장이 기술을 가진 드워프들에 의해 순수한 은으로 정련이 진행되고 있었다.

위드는 라투아스에게 또 요구했다.

"장식을 위해 백진주가 있었으면 합니다만."

-어느 정도의 양을 원하는가?

"많을수록 좋습니다. 최소 100킬로그램 정도는 있어야죠. 그리고 진주는 등급이 아주 중요한데… 2등급 이상이어야 합니다."

-창고에서 가져다주어라.

1등급 백진주도 즉석에서 조달되었다.

이물질도 없이 깨끗한 최상의 진주.

초급 조각술에 머물러 있던 초보 때 이런 걸 보았다면 침부터 질질 흘렸으리라.

"그리고 이건 무리라는 건 알지만……."

-말하라.

"헬리움도 있을까요?"

지골라스까지 가서 채굴을 시도했던 살아 있는 금속.

조각사의 꿈이며, 평생의 염원이었다.

"뭐, 없더라도 부족한 재료들을 모아서 최선은 다해 보겠습니다만… 확실한 게 좋다면 아무래도 최고의 재료를 사용해야 하는지라……. 없으시면 그냥 없다고 말씀하셔도 됩니다."

-가져오너라.

헬리움까지 떡하니 등장!

여신의 기사 갑옷을 만들 때 쓴 것보다 그 양도 무려 3배나 되었다.

"백금도 1,000킬로 정도만……."

-가져와라.

"요정의 눈물도 좀 발라야 하는데요. 대략 1만 리터 이상으로요."

-가져올 것이다.

대륙의 희귀한 재료들이 드래곤의 레어에는 그냥 아무렇지도 않게 쌓여 있었다.

이것이야말로 진정한 빈부 격차가 느껴지는 상황.

원하는 것은 무엇이든 라투아스가 들어주는 가운데, 지상 최대의 호화로운 작품을 준비하기만 하면 되었다.

"이러고도 실패를 한다면 그건 또 나름대로 문제가 있어. 삼겹살에 된장찌개까지 먹고 배가 고프다고 할 수는 없는 노릇이지. 조각사의 최대 역작을 한번 탄생시켜 보자."

무대는 완벽하다.

드래곤의 퀘스트라는 부담감은 있었지만 오히려 마스터를 앞둔 조각사라면 이 정도의 무대 규모는 되어야 한다.

신문도 열심히 배달하다 보면 1,000부, 2,000부 정도야 우습게 느껴질 때가 있는데, 바로 지금이 그 상태!

"내 실력을 마음껏 발휘해 주지!"

틀림없이 그렇게 해야 했다.

그러지 않으면 이 정도의 지원을 해 준 라투아스가 위드를 살려 둘 이유가 전혀 없었으므로!

"또 부탁드릴 게 있습니다만, 조각품을 만들어 가는 과정을 지켜봐 주실 수 있을까요?"

-나 역시 바라는 바이다.

The Legendary Moonlight Sculptor

위대한 마스터

위드는 조각품의 성격부터 확실하게 결정하기로 했다.

'어렵더라도 단순하게 가야 해. 라투아스와 유스켈란타. 뭐 그렇고 그런 사이겠지.'

세상의 법칙이란 당연한 측면이 있었다. 암탉과 수탉을 그냥 마당에 풀어 놓더라도 무언가가 이루어진 이후 달걀을 낳게 된다.

하물며 지금까지도 그리워하고 있다면 라투아스와 유스켈란타는 연인 사이가 확실하다.

그립고도 보고 싶은 드래곤 유스켈란타.

이상한 주제로 특정 모습을 표현하기보다는 유스켈란타의 모습을 있었던 그대로, 드래곤의 매력이나 성격 등을 담아서 완전히 표현하면 될 것 같았다.

'억지스럽게 그리운 눈빛을 만들지도 말자. 이렇게 귀한 재료를 써서 과장되어서 연기하는 조각품은 어색할 수 있어.'

있는 그대로의 조각품!

쉬운 것 같지만 대단히 어려웠다.

똑같이 만들면서도 최상의 작품을 제작해 내야 한다.

게다가 한 사람을 표현할 때에는, 그 사람의 사진을 찍더라도 모든 것을 알 수는 없는 노릇이다.

하물며 라투아스처럼 특별한 관계에 있었던 드래곤에게, 자신의 옛 연인을 조각해 주면서 어디서든 다른 느낌이 나면 곤란하다.

그거야말로 의뢰자가 원하지 않은 엉뚱한 조각품이 되어 버릴 것이다.

조각품은 최대한 유스켈란타를 닮은 게 아니라 그 자체여야 했다.

풍기는 느낌이나 눈빛, 태도 등을 포함하여 모든 것이 유스켈란타 그 자체처럼 느껴질 정도의 조각품을 만든다!

이것은 창의적이거나 새로운 시도는 아니지만 지극히 어려웠다.

조각품을 진심으로 이해하고 있지 못하다면 불가능한 작품!

'단 한 번도 직접 만나거나 본 적은 없다. 그 점을 극복할

수 있을까?'

조각술 스킬이 약간 보조를 해 줄 수 있었다.

현재 고급 9레벨 96.6%의 엄청난 숙련도. 마스터를 코앞에 놔두고 있는 단계였다.

그럼에도 불구하고 완벽할 수는 없지 않겠는가.

'대충 성격이나 느낌을 때려 맞춰서 조각한다는 건 눈먼 조각품에 가까워. 그렇다면… 과연 어느 정도나 내가 최선을 다해야 하느냐는 점인데.'

위드는 딱 5분만 고민을 했다.

'결론을 내렸다. 어떤 대가가 따르더라도 할 수 있는 한 뭐든 해 본다.'

이유가 드래곤의 퀘스트이기 때문만은 아니다.

귀한 재료들을 바탕으로 최고의 조각품을 만들 기회가 주어졌다. 언젠가 인생에 있어서 필생의 역작을 만들려면 그만큼의 노력은 필수적으로 해야 했다.

모든 것은 마음가짐에 달려 있다는 말처럼, 지금까지와 똑같은 노력과 마음으로 해서 성공하기란 어려웠다.

'정말 해 보자.'

초대형 조각품이었지만, 1달이란 기간은 넉넉하다고 생각했다.

하루 종일 밤낮을 가리지 않고 노가다를 할 수 있는 의지가 있었으니까!

'퀘스트에서 두 번의 기회가… 꼭 이렇게 하라는 건 아니겠지만 어쨌든 확실하게 써먹을 수 있겠군.'

위드는 흔치 않은 기회를 유리하게 활용하기 위해 로열 로드에서 접속을 해제했다.

이현이 먼저 알아본 것은 로열 로드의 홈페이지와 관련 인터넷 사이트들!

"인터넷에 공개된 동영상들을 확인해 봐야 해. 인간의 역사에서는 이미 고대의 드래곤으로 분류되어 기록에도 별로 남지 않은 유스켈란타의 동영상이야 없겠지만 실버 드래곤의 일반적인 특징들은 잘 봐 두어야지. 그래야 비슷한 외모에도 차이점을 확실히 표현할 수 있으니까."

드래곤에 대한 자료는 구체적이지 않더라도 동영상만큼은 사방에 널려 있었다.

로열 로드의 유저들은 우연히 하늘을 날아가는 드래곤을 보면 반드시 동영상으로 저장해 두었다가 인터넷에 올리는 경우가 꽤 많았던 것이다.

엘프들은 그런 드래곤을 비교적 쉽게 만날 수 있었으며 심지어 위험하지도 않다.

많은 드래곤에 대한 동영상을 보면서 참고를 했다.

날개를 펼치고 날아가는 드래곤, 산의 정상에 앉아서 포효하는 드래곤 등!

웅장하고 멋진 영상들이 많이 있었다.

관절과 골격계에서부터 신체 비율, 이목구비 등을 집중적으로 관찰했다.

비슷하게 생긴 고슴도치나 토끼라고 해도 자세히 보면 많이 다르다. 자주 보지 않고서는 잘 모르는 부분들을 확실히 이해해 놓을 필요가 있었다.

"빙룡은 대충 만들었는데. 그때도 이런 조사를 했다면 더 멋있게 만들 수 있었겠어. 그래도 왠지 어딘가 약간 불량 식품 같은 게 빙룡의 매력이긴 하지."

여러 정보 게시판들을 섭렵하면서 드래곤에 대하여 파악!

이현이 현실에서 시간을 보내는 동안에도 로열 로드의 날짜는 흐르고 있었다.

그렇기 때문에 1달이란 시간은 아껴 쓰지 않으면 매우 촉박하게 된다.

이현은 전화기를 들어서 어딘가로 걸었다.

-네, KMC미디어입니다.

"저 이현이라고 합니다. 강 부장님과 만나 뵙고 이야기를 좀 하고 싶은데요."

KMC미디어를 시작으로 해서 여러 방송국들과 약속을 잡았다.

드래곤의 조각 퀘스트!

모험이나 전투는 아니지만, 어쨌든 조각사로서는 대단한 무대이니만큼 방송을 하기 적합했다.

방송국마다 쉽게 접하기 힘든 특별한 소스를 원하고 있고, 조각사는 특히 여러모로 관심의 대상이 된다.

조각술 최후의 비기까지 터득한 위드의 자잘한 모험까지도 전부 방송으로 보고 싶다는 시청자들의 의견도 상당하다.

KMC미디어 측에서는 언제든 방송을 할 만한 건수가 나타나면 먼저 연락을 해 달라고 강력히 요청해 둔 바가 있었다.

CTS미디어를 비롯하여 LK게임 등에도 집으로 찾아와 달라고 줄줄이 연락을 했다.

외국의 신생 방송국 버추어폭스와 CRR에도 전화를 했다. 한국계 직원들은 곧바로 찾아오겠다고 약속했다.

하벤 제국과 아르펜 왕국의 전쟁은 명장면들이 뉴스에도 나올 정도로 큰 사회적인 반향을 일으켰다.

그 전부터 이미 이현의 캐릭터가 무슨 사고만 치거나 하면 전 세계의 인터넷 포털 사이트들에 뉴스와 검색 순위를 싹 쓸어버릴 정도였다.

로열 로드에서 위드의 인기는 국내뿐만 아니라, 중국과 일본을 넘어서 미국과 유럽에 훨씬 크게 퍼져 있었다.

해외의 팬들이 로열 로드 초보자용 복장을 입고 학교를 가고 자동차에 누렁이 스티커를 붙이는 일 따위는 너무나도 흔했다.

미국 10대들이 부모님이 출근한 사이 집을 모라타의 판잣집으로 개조한다며 난장판을 만든 일도 그다지 큰 사건이 아닐 정도였다.

심지어 러시아의 초등학생들은 20미터짜리 초대형 눈사람을 빙룡이라고 만들기까지 하는 위엄도 선보였다.

와이번, 빙룡, 누렁이 등의 캐릭터 상품들도 활발하게 수출에 나서고 있다고 한다.

"전 세계 초딩들의 코 묻은 돈을 지배한다면 노후 따위는 문제없지."

이현은 전화로 해외 방송국 담당자들에게 한국식 예의를 알려 주었다.

"다른 사람의 집에 갈 때는 빈손으로 가서는 안 됩니다. 민폐라고 이야기할 수 있을 정도로 심하게 예의에 어긋나는 행동이에요. 그 사람의 성의는 손이 얼마나 묵직한가를 보면 알 수 있죠. 그렇다고 해서 상품권 같은 게 나쁘다는 건 아니에요. 선물은 쓸모가 많아야 하니까요. 백화점과 마트를 동시에 이용할 수 있다면 특히 좋겠죠."

뇌물에 관대한 동방예의지국!

기대를 가득 품고 이현의 집에 모인 방송국 관계자들은, 드래곤의 조각 퀘스트라는 이야기를 듣고 기대보다는 흥미가 좀 떨어진다고 실망하는 눈치였다. 사실 그들은 시원하게 헤르메스 길드를 습격하는 대규모 계획 같은 것을 훨씬 원하고 있었던 것이다.

그래도 조각품 퀘스트도 신선하다는 반응을 보였다.

버추어폭스의 김 부장이 물었다.

"근데 퀘스트가 실패했을 경우에는 어떻게 되는 겁니까?"

"드래곤에 의해 목숨을 장담하기 어렵겠죠."

"그렇다면 정말 좋은 조건입니다. 시청률에 유리하겠군요."

이현 캐릭터의 목숨이 걸렸다고 하니 방송국 관계자들은 더 좋아했다.

KMC미디어와 CTS미디어, 버추어폭스 등이 높은 가격에 덥석 전체 방송 계약을 맺었다.

다른 방송국들은 정규 프로그램들을 진행하는 한편 방송 시간을 2시간 이하로 하는 조건으로 계약을 했다.

강 부장이 걱정스럽다는 듯이 물었다.

"근데 어떻게 하실 겁니까?"

"조각품요?"

"예. 실패하면 그냥 죽어 버리는 건데. 조각술 숙련도도 엄청나게 떨어질 테고, 아르펜 왕국 주민들의 사기도 안 좋아지겠죠. 단지 재료만 좋다고 잘 만들 수 있는 겁니까?"

조각품의 결과에 대해서는 누구도 추측할 수 없다.

기껏 전투에서 이기고 헤르메스 길드를 박살 내고 있었는데 퀘스트에서 혼자 사망하지 말란 보장이 전혀 없다.

실로 허망하기 짝이 없는 일이었다.
방송 계약까지 맺었으니 그 무대도 더욱 커졌는데 실패한다면 이만저만 타격이 아니었다.
"뭐, 최선을 다해 보기로 했으니까요. 그리고 조각 재료가 아까워서라도 실패할 수 없습니다."
이현의 성격에 대해서는 너무나도 잘 알고 있는 강 부장이 말했다.
"부디 조각 재료를 빼돌리다가 드래곤에게 들켜서 죽지만은 마십시오."
"……."
"진심으로 그렇게 하시면 안 됩니다."
"철저하고 꼼꼼하게 계획을 짜 놓고 있습니다."
"위험할 텐데요."
"당연히 목숨 걸고 해야지요."
농담으로 알고 듣고 있던 방송국 관계자들은 입을 쩍 벌렸다.

위드는 드워프들의 도움을 받아서 간단하고 커다란 형틀을 만든 후에 녹인 은을 부었다.
부글부글 끓던 은이 식어서 덩어리가 되고 난 이후부터는 조각칼로 깎아서 실버 드래곤의 형태를 만들었다.

불과 6시간 만에 다리를 완성했고, 이틀 밤을 꼬박 새우면서 두꺼운 몸통 부분을 채워 넣었다.

드워프들이 함께 참여하고 있지 않다면 이루어질 수 없는 엄청난 속도.

드워프들이 여기저기 줄에 매달려서 드래곤의 형태에 따라 은을 다듬으면, 정교한 세공은 위드의 몫이었다.

한 시간에 10미터, 20미터씩 작업이 휙휙 이루어졌다.

위드는 드워프들에게 명령했다.

"정확도는 신경 쓰지 마세요. 무조건 빨리빨리입니다."

"허어, 정말 이렇게 해도 되는가? 그대가 인간 세상에 다시없는 위대한 조각사라는 건 알고 있네. 그러나 이 드래곤의 조각품을 설렁설렁 한다는 것은 목숨이 위험할 짓이네."

"상관없습니다. 여러분이 하실 일은 제가 조각을 할 수 있도록 최소한의 형태를 갖추는 것이니까요."

"드래곤의 상체로 갈수록 높이 때문에 우리 드워프들이 작업하기가 힘드네."

"그렇다면 드래곤이 엎드려 있는 걸로 하세요. 꼿꼿하게 서 있을 필요는 없으니까요."

"진심인가? 감히 드래곤의 형태를 그런 식으로 하겠다니……."

"물론입니다. 다만 잠든 것처럼 고개는 비스듬히 처리해 주세요."

"알겠네. 협조하도록 하지."

드워프들은 반신반의를 넘어서 점차 위드를 불신하게 되었다.

위드의 명성이 너무 높아 함부로 얕보거나 할 수는 없었지만, 실제 작업하는 모습을 보니 그냥 대충 빨리 만드는 것에 불과했다.

"지금 저 조각품, 아니 덩어리는 우리 드워프들도 얼마든지 만들 수 있을 것 같습니다."

"나도 저 인간이 무슨 생각을 하는지 모르겠군. 어떻게든 우리가 기초를 세우면 뒷마무리는 확실히 하겠지. 그러지 않는다면 기필코 대가를 치르게 될 테니까 말이야."

"이미 포기한 것 아니겠습니까. 저건 예술가의 작품이라고 할 수도 없어요."

"인간이 다 저렇지, 뭘."

순수한 은으로 실버 드래곤의 형태를 만들고 있었다.

드래곤의 엄청난 위압감이 드러나는 조각품도 아니었고, 엎드려 고개를 숙인 볼품없는 모습이었다.

어떤 주제를 담고 있는지는 모르지만, 예술성으로 보나 감성적으로 보나 특별함은 없다.

수많은 비늘들도 완벽하게 손질되지 않고 대충 뭉개 놓은 것처럼 어설프게 처리되어 있었다.

유스켈란타의 얼굴 형태는 거의 비슷했지만 자세히 뜯어보면 정교하지 못한 눈, 코, 입에서부터 전반적으로 허술한 점이 한두 가지가 아니었다.

대단한 변화나 시도 없이 이대로 조각품을 완성해 낸다면 어마어마하게 값비싼 돈만 처바른 아까운 흉물이 될 수도 있었다.

최종적으로는 고작 닷새 만에 조각품이 완성되었다.

헬리움과 진주 등은 아예 숨겨 놓고 쓰지도 않은 채!

–만드신 조각품의 이름을 정해 주십시오.

"크흠, 유스켈란타로 하자."

–유스켈란타가 맞습니까?

"맞아."

유스켈란타상을 완성하셨습니다.

과거에 존재했던 실버 드래곤 유스켈란타를 표현한 작품.
엄청난 양의 은이 사용되었다.
100년에 1명 나올까 말까 한 대륙 최고의 예술가 위드의 작품.
믿을 수 없이 허술한 조각품이다.

예술적 가치 : 590.
특수 옵션 : 유스켈란타상을 본 이들은 생명력과 마나 회복 속도가 하루 동안 7% 증가한다.
이 일대의 몬스터들의 전투 능력이 14%까지 감소한다.

최소한의 예술적 가치는 있었으니 평작치고는 그럭저럭 괜찮은 작품이 나왔다.

그때 라투아스가 레어의 입구로 걸어왔다.

거대한 드래곤이 움직일 때마다 산이 지진이라도 난 것처럼 흔들렸다.

-고작 이것이 너의 완성품이더냐! 이것을 만들기 위해 나에게 그렇게 많은 요구를 했더냐! 인간 중에서 가장 뛰어난 실력을 가졌다더니, 조금도 쓸모 없구나!

라투아스가 포효했다.

구경하던 드워프들은 놀라서 주저앉았다.

드래곤 피어!

위드도 땅과 하늘이 동시에 흔들리는 것 같은 느낌이 들며 몸까지 떨려 왔다.

> -정신력과 투지로 강력한 공포에 저항합니다.
> 투지로 인해 생성된 위엄 스킬, 드래곤 피어에 맞서는 자가 발동되었습니다.
> 드래곤 피어에 의한 육체의 경직 현상이 63% 감소합니다.
> 집중력이 발휘되어서 13초 후부터 정상적으로 전투 스킬을 사용할 수 있습니다.
> 커다란 경험을 얻었습니다.
> 통찰력이 2만큼 증가합니다.

위드가 지금까지 진행했던 모험 때문에 드래곤의 피어에

대해서도 어느 정도 맞설 수가 있었다.

지금은 드래곤에게 공손히 고개를 숙여야 하는 입장이지만, 왕년에는 혼돈의 드래곤 아우솔레토의 뒤통수를 강타했던 몸!

띠링!

—실버 드래곤 유스켈란타 퀘스트에서 조각품이 의뢰자의 마음에 들지 않았습니다.
첫 번째의 기회가 사라집니다.
드래곤 라투아스와의 적대도가 59%가 되었습니다.

위드는 이러한 태도를 미리 짐작하고 있었던 만큼 놀라지 않았다.

"아닙니다. 드래곤의 기초적인 형태 등을 연구하기 위해서 만들어 본 시제품입니다. 제대로 된 작품은 이것을 참고하여 다음번에 나올 것입니다."

—너의 마지막 기회일 것이다.

"알고 있습니다. 절대로 후회하지 않으실 겁니다."

위드는 자신의 조각품에 대해 여전히 자신만만했다.

'절대 실패할 리가 없어.'

숱한 조각품들을 구상하고 만들어 왔다. 그 경험들을 바탕으로 무언가를 만드는 일에는 이력이 났다.

하물며 최선을 다하기로 결심을 했는데 고작 이 정도의 작품이란 건 있을 수 없는 일.

그럼에도 불구하고 독창적이고 새로운 시도들이 항상 높은 평가를 받거나 성공하기는 어려운 부분이 있었다.

그렇기에 기본적으로 의뢰인에게 아부는 필요하다.

"오직 저이기 때문에 라투아스 님에게 바칠 최고의 조각품을 만들 수 있을 것입니다."

위드는 속으로 믿는 바가 있었다.

'인생이란 적절한 꼼수를 써야 편안해지지. 정직하고 올바르게만 살려고 한다면 얼마나 괴롭단 말인가.'

예술로 순진하게 세기의 대작을 만든다고 덤벼들 생각은 애초부터 없었다.

조각술의 비기.

직접 탄생시킨 스킬 조각 부활술을 활용할 수 있다.

마음만 같아서는 유스켈란타를 조각한 이후에 부활시켜서 제대로 대박을 터트리고 싶었지만, 갓 초급 4레벨이 된 이 스킬에는 중대한 몇 가지 한계가 있었다.

레벨과 예술 스텟, 신앙심 등에서 막대한 희생을 치러야 할 뿐만 아니라 인간과 유사 인종만을 부활시킬 수가 있다.

'조각술은 좋은 것 같으면서도 꼭 애매하게 쓸모가 부족한 경우가 많단 말이야.'

실버 드래곤 유스켈란타까지 부활시켜 버린다면 정말로 금상첨화였으리라.

유스켈란타가 되살아나고 움직이는 모습들을 잘 기억해 두었다가 조각을 하면 완벽하겠지만, 쓸 수는 없는 방법이었다.

그렇지만 진정한 꼼수의 유용함이란 끝이 없는 법!

"조각 소환술!"

위드는 스킬을 사용해서 모라타의 예술 회관에 있는 자신의 조각품을 소환해 왔다.

평소에 나무토막으로 만들어 놓은, 조각술 마스터 다론을 표현한 조각품!

다론은 조각 변신술을 가르쳐 준 스승이기도 했으며, 한 여자를 한없이 사랑하며 그녀의 조각품을 깎았던 인물이다. 평작의 작품에 불과했지만 부려 먹기에는 중요하지 않았다.

"조각 부활술!"

-조각 부활술 스킬을 사용하셨습니다.
조각술 마스터 다론, 예술의 부름을 받아 이 땅에서 다시 움직이게 될 것입니다.
예술 스텟 45가 영구적으로 사라집니다.
신앙 스텟 10이 영구적으로 줄어듭니다.
레벨이 3 하락합니다.
생명력과 마나가 18,000씩 소모됩니다.
조각 부활술에 의하여 되살아나는 인물은 생전의 지식과 능력을 가지고 있습니다.
정해진 짧은 시간이나마 세상을 다시 볼 수 있고 움직일 수 있게 해 주는 것에 대해 고마워할 수도 있고, 그렇지 않을 수도 있습니다.

-조각 부활술 스킬의 숙련도가 향상되었습니다.

"크흐흑!"

조각 부활술이 성공을 하더라도 레벨이 떨어지는 아픔은 차마 형용하기 어려웠다.

나무토막으로 만들어져 있던 다론.

그의 피부에 혈색이 도는 듯하더니 곧 움직이기 시작했다.

"내, 내가 되살아나다니……."

다론은 자신의 손과 발을 보면서 신기해했다.

위드에게 이런 반응은 익숙해져서 새삼스럽지도 않았다.

"스승님."

"자네는 누구지? 으으음… 아! 위드가 아닌가."

위드의 평범하기 짝이 없는 얼굴은 친한 사이에도 알아보기 어려웠다.

"이럴 시간이 없습니다. 바로 작업을 하십시다."

"작업이라니 무슨?"

위드는 그에게 라투아스가 내놓은 조각 재료들과 실패한 조각품을 보여 주었다.

"우리가 함께 이 재료들을 가지고 실버 드래곤을 조각하는 것입니다."

위드가 계획했던 꿍꿍이는 역대 최고의 조각품을 만들기 위한 협력 작업!

간단한 사정 설명과 설득 후에, 다론은 당연히 동참하기로 결심했다.

라투아스와 유스켈란타.

그들의 이루어지지 못한 사랑을 위해 조각품을 만든다는 이유는 다론에게 충분히 공감대를 살 수 있었다.

조각사로서도 일찍이 만져 보기 힘든 최상의 재료들을 가지고 작품을 탄생시킬 수 있기에 의욕이 대단했다.

위드는 유스켈란타의 그림과 대충 만들어 놓은 자신의 조각품을 가리키며 말했다.

"제가 기초 작업은 해 두었습니다. 나머지는 함께 만드시죠."

다론은 대충 훑어보고 나서 고개를 끄덕였다.

"실력이 많이 늘었군. 기본 형상대로 정확히 만들어져 있으니 다듬으면서 번거로울 일은 없겠어."

"시작하시죠. 제가 꼬리부터 시작하겠습니다."

"그럼 난 날개부터 작업을 하지."

위드와 다론은 유스켈란타의 조각품에 달라붙어서 정교한 조각을 시작했다.

드래곤의 조각품은 부피가 상당하고 비늘 하나하나까지 섬세한 작업을 필요로 한다.

혼자라면 전체적인 구상이 머릿속에 있기 때문에 어디서부터 작업을 하든 크게 상관이 없었다. 그러나 두 사람의 협력 작업이라면 세밀한 부분의 표현에 따라 전체적인 느낌이 어색할 수도 있었다.

위드는 다론의 실력을 믿었다.

'여자만 평생 조각한 인간이야. 감성적인 측면에서는 완벽하지.'

과거에 다론으로부터 조각술을 배우기도 하면서 그의 솜씨를 여러 번 확인했다.

뭐든 손만 대면 완벽했으며, 심지어는 사과나 배도 잘 깎았다.

다양한 형태의 조각품을 표현하는 면에서는 게이하르 폰 아르펜 황제가 훨씬 뛰어날 것으로 판단되었다. 수많은 생명체들을 창조해 낸 그의 실력이라면 드래곤이라도 믿고 맡길 수 있었다.

그렇지만 아르펜 황제의 독창적인 느낌은 자칫 라투아스에게 생소함을 줄 수 있었다.

풍부한 감성에, 섬세하고 정확한 조각술을 가진 다론이야말로 위드와 함께 작업을 하기 최적의 파트너.

'느낌 확실히 아니까!'

게다가 다론의 협력에는 또 하나의 장점이 있었다.

이것이야말로 진정한 꼼수를 위해 다론이 필요한 이유였다.

"조각 변신술!"

조각 변신술은 다론이 창조해 낸 기술.

그를 틈틈이 실버 드래곤의 형태로 변신시켰다.

위드는 실버 드래곤의 모습을 보면서 어색한 느낌이나 부족한 부분들을 찾아냈다.

"다리의 비율을 조금 더 길게 해야 되겠군요. 빙룡을 생각해서 좀 짧게 했는데……."

실버 드래곤의 모습을 힘겹게 유지하며 다론이 말했다.

"내 생각도 역시 그렇다."

완벽한 비율이나 생김새를 파악하기 위해서 쓰이는 조각 변신술!

항상 전투를 위해 썼던 조각 변신술이 처음으로 예술을 위한 목적으로 활용되고 있었다.

위드는 필요에 따라 라투아스에게 더 많은 은을 요청했다.

"죄송합니다만 은을 1만 킬로 정도만 더 주실 수 있겠습니까? 조각을 하다 보면 처음 견적보다 좀 더 나오는 일은 비일비재합니다. 물론 지금 이 상태로도 충분히 완성을 할 수는 있겠습니다만."

-창고에서… 2만 킬로를 가져오도록 하겠다. 필요하다면 더 이야기하라. 내 영토에 있는 드워프 마을에서 구해 오겠다.

첫 번째 조각품을 보고 분노했던 라투아스는 대단히 호의적으로 바뀌었다.

위드와 다론이 환상적인 속도와 솜씨로 유스켈란타의 조

각품을 다시 완성해 가는 모습을 묵묵히 지켜보고 있었던 것이다.

얼마나 꼼꼼하게 작업을 하는지, 트집을 잡을 구석이 없었다.

투박하고 어색하던 부분들이 바뀌어 갔다. 아름다움과 기품 그리고 예술성이 드래곤의 비늘 하나하나마다 묻어 나올 정도였다.

백금도 녹여서 비늘 사이와 날개, 발톱 등에 두껍게 씌워 주었다.

작은 부분과 부분이 모여서 무에서 유를 창조해 낸다고 해도 될 정도로, 경이롭고 빛나는 실버 드래곤의 거대한 자태가 만들어져 가고 있었다.

'꼼수란 한 가지만 써서는 인생 편하게 살기 힘들지.'

인테리어 공사를 할 때에도 집주인이 있으면 반응에 따라서 설계를 변경할 수 있다.

실버 드래곤 유스켈란타의 조각품을 만드는 과정을 의뢰인이 지켜보도록 하니 확실한 반응이 뒤따랐다.

-유스…켈란타. 너의 얼굴을 다시 보게 되었구나.

라투아스가 조각품을 보면서 멍하니 있으면 제대로 가고 있다는 뜻.

'얼굴은 더 손볼 곳이 없겠군. 다른 부분에 집중할 수 있겠어.'

때때로 조각 변신술까지 펼쳐서 실제로 움직이는 만큼 의뢰인의 혼을 쏙 빼 놓았다.

'이걸 보고 땅 짚고 헤엄치기라고 하지.'

숭고한 예술 작업조차도 온갖 꼼수를 부려서 성공 확률을 높이는 일은 당연히 필요했다.

대한민국에서 교육에 열을 올리는 이유가 무엇이겠는가.

'공부로 성공하라고? 틀렸어. 그래 봐야 평생 남 밑에서 월급쟁이를 벗어나지 못해. 훌륭한 교육이란 일찍부터 지능지수를 높여서 잔머리를 굴리면서 살라는 뜻이야. 인생에는 최소한 세 번의 한탕 기회가 찾아온다는 거지.'

다론은 실버 드래곤의 조각품 전체를 정교하게 다듬었다.

보통 조각사들은 전체적인 형상 정도를 표현한다. 조각품이 클수록 다 손을 보기가 힘드니 그게 일반적인 행동이었다.

그렇지만 한 여자의 조각상을 평생에 걸쳐서 만들었던 다론은 위드 이상의 노가다의 화신이었다.

조각품에는 조금의 흠이라도 있어서는 안 된다는 과도한 집착!

발톱의 길이와 다리의 힘줄, 배의 주름까지도 완벽하게 표현해 냈다. 심지어 그림으로는 알기 힘든 속눈꺼풀의 숫자와 혓바닥의 두께까지도 고민하는 모습이었다.

그럼에도 다론이 못하는 부분도 있었다.

"헬리움은 내가 다룰 수가 없겠군."

"제가 하겠습니다. 대장장이 기술을 가지고 있으니까요."

"훌륭해졌군. 대장장이 스킬은 조각사에게 필요하지. 자네가 대륙의 조각술을 이끌고 있겠어."

"그냥 먼저 떨어진 돈을 줍는 정도죠."

위드는 고급 대장장이 스킬을 가지고 있는 만큼 드워프들의 화로를 이용하여 헬리움을 녹일 수 있었다.

'조금의 실수도 있어서는 안 된다. 특히 의심을 받으면 곤란해.'

이미 두 번이나 해 봤던 작업이지만, 위드의 이마는 식은 땀으로 가득했다.

샤샤샤샥.

무언가 은밀한 작업도 마쳤다.

"흠흠, 헬리움의 양이 처음보다 모자라는걸."

"착각이시겠죠."

"뭔가 이물질이 섞인 것 같기도 하고……."

"순도를 최대한 높인 은을 섞었습니다. 넉넉하게 쓸 수 있도록요."

"은을 섞었다고 해도 원래의 헬리움 양에 비해서……."

"다 조각술을 위한 게 아니겠습니까?"

녹인 헬리움은 실버 드래곤의 얼굴과 목, 등에 얇게 씌워 주었다.

은의 광채로는 실버 드래곤의 미묘한 색채의 아름다움을

표현하는 데 부족함이 있다. 조각품에 색칠을 하는 방식도 있었지만, 그보다는 조각사답게 재질 자체를 바꾸는 방법을 사용했다.

실버 드래곤의 빛나는 고귀한 자태가 모습을 드러내고 있었다.

정교하지 못한 은 덩어리에서, 예술가 둘에 의해 진정한 드래곤의 모습을 갖춰 갔다.

예술이 만들어 내는 놀라운 기적!

위드는 다론에게 가끔 의견을 물어봤다.

"웅장한 드래곤보다는 역시 이쪽이 낫겠죠?"

"좋은 판단을 했군. 마음속의 부담감이 컸을 텐데도 훌륭한 발상과 결단력이야."

"뭐, 예술은 감성이니까요."

유스켈란타는 두 다리로 서서 날개를 활짝 펼치고 있는 웅장한 모습이 아니었다.

드워프들이 너무 높아서 곤란하다고 해서 엎드린 상태로 1차 조각품을 마쳤다.

위드와 다론 역시 사다리를 이용한다고 해도 너무 높으면 작업의 효율이 떨어진다.

그렇기 때문에 1차 조각품에서 조금의 수정을 가했다.

따뜻한 햇볕을 받으며 곱게 잠들어 있는 드래곤.

한없이 사랑스럽고 애틋하지만 다시는 눈을 뜨지 못한다.

적수를 찾기 힘들 정도로 강대한 드래곤이 아니라, 라투아스의 추억 속에 남아 있는 아련하고 사랑스러운 모습 그대로를 남겼다.

드래곤에 대해 겁만 집어먹는 드워프들은 절대 이런 모습으로는 조각을 할 수 없었을 것이다.

위드는 슬슬 다론을 보내야 할 때라고 생각했다.

'완성이 얼마 남지 않았군. 나머지 마무리 작업은 나 혼자 해도 충분해.'

단물이 다 빠지면 가차 없이 버리는 동료애!

"세상에 머무를 수 있는 시간이 얼마나 되십니까?"

"음, 나흘 정도로군. 조각품의 마무리까지는 아마도 다 할 수 있을 것 같아."

다론이 이 세상에 머무를 수 있는 시간은 예상 밖에 대단히 길었다.

위드의 조각 부활술 스킬은 하루 정도를 생존할 수 있게 만든다.

그러나 조각술 마스터 다론의 경우에는 높은 예술 스텟을 가지고 있어서 스스로의 결심에 따라 생존 시간이 비약적으로 늘어나고 말았다.

'설거지나 좀 시키려고 불렀더니 영락없이 주인 행세를 하려고 하는 거 아냐.'

조각 부활술의 생각지 못한 부작용이었다.

"굳이 무리하실 필요는 없을 것 같습니다. 이 세상에 있을 시간이 길지도 않은데 남은 기간 동안에는 휴양이나 관광이라도 편히 다녀오시죠. 맛집이라도 추천을 해 드리겠습니다. 넉넉하게 쓰실 수 있도록 도, 돈도 드리죠."

"아니네. 이미 죽은 내가 머리를 식힐 일도 없고, 맛있는 것을 먹고 싶지도 않아. 자네가 주는 보리 빵만 먹어도 배가 충분히 부르구먼. 생애의 마지막 순간들까지 이 조각품을 만들며 보내는 것도 뜻깊고 좋을 것 같아. 자네가 나에게 주는 큰 선물이네."

위드의 주먹이 부르르 떨렸다.

"크으윽… 여기서 일만 하시겠다니요."

"그렇게 슬퍼하지 말게. 나를 그리워하고 불러 주는 사람이 있었다는 걸로 충분히 행복하군. 자, 이제 이 조각품을 끝까지 함께 완성해 보세!"

다론은 정말로 마지막 나흘의 시간 내내 조각품을 만들며 행복해했다.

'이걸 확 으슥한 곳에서 죽여?'

위드는 기회를 틈타 보았지만 드래곤이 계속 지켜보고 있었다.

'밤에 처리를 해?'

밤에도 기회가 안 생겼다.

다론은 이미 죽어서 건강과 상관없는 몸이라면서 잠도 안

자면서 밤샘 작업을 계속했다.

위드 역시 자칫하면 죽 쒀서 죽은 사람 줄 판이라 작업을 같이 했다.

대륙 최고의 조각사 2명의 전력을 다한 노가다와 감성이 합쳐진 작품.

실버 드래곤 유스켈란타의 조각상이 마침내 끝이 났다.

은조각품의 특징으로 차갑고 추운 느낌이 들기 때문에 옆에는 커다란 황금 난로까지 만들어져 있었다.

황금은 당연히 드래곤 라투아스로부터 얻었다.

실버 드래곤이 추운 느낌을 주는 점도 사실이었지만 실상은 황금 역시 몰래 빼돌리기 위해 추가로 제작했다.

-만드신 조각품의 이름을 정해 주십시오.

위드는 잠시 고민하다가 돈 안 드는 일이니만큼 선심을 크게 쓰기로 했다.

"다론 님의 마지막 작품인데 이름을 남겨 주시죠."

"조각품의 이름은 자네가 짓도록 하게. 옆에서 조금 도왔다고 해서 후배 조각사의 작품을 빼앗을 수는 없지 않겠는가."

"혹시나 했는데 쥐똥만 한 양심은… 아니, 배려가 있으시군요. 역시 이 조각품은 잠든 실버 드래곤 유스켈란타가 어울릴 것 같습니다."

-잠든 실버 드래곤 유스켈란타가 맞습니까?

"맞다."

띠링!

대작! 잠든 실버 드래곤 유스켈란타상을 완성하셨습니다.

조각술의 한계를 초월한 조각사 위드, 무한한 애정을 조각품에 담는 조각사 다론이 함께 만든 작품이다.
실버 드래곤의 완벽한 자태는 세상의 진귀한 재료들로 표현되었다. 사용된 재료와 아름다움에서 이보다 더 귀한 보물은 일찍이 단 한 번도 없었으며, 앞으로도 존재하기 쉽지 않으리라.
베르사 대륙의 예술의 정점!
조각술의 신화로 기록될 만한 작품이다.

예술적 가치 : 조각사 위드와 다론의 공동 작품.
49,212.

특수 옵션 : 잠든 실버 드래곤 유스켈란타상을 본 이들은 생명력과 마나 회복 속도가 하루 동안 64% 증가한다.
모든 저항력 55% 상승.
사냥 시 금은의 획득 확률 450% 증가.
스킬과 마법의 발동 속도를 15% 빠르게 함.
이동속도 22% 상승.
모든 스텟이 31 증가함.
영구적으로 용기와 위엄, 카리스마, 지혜가 12씩 증가.
하루에 한 번씩 조각상을 보면 모든 상태 이상이 해소되며, 체력과 생명력, 마나가 최대치로 회복됨.
조각상이 위치한 도시와 지역이 이후 2년간 몬스터로부터 침략당하지 않음.

공동 작업에 의해 다론 53%, 위드 47%의 공적이 분산됨.

이 조각품을 완성한 사람에게 특별한 호칭이 부여됨.
다른 조각품과 중복 적용되지 않음.
지금까지 완성한 대작의 숫자 : 18

-조각술 스킬의 숙련도가 향상되었습니다.

대업적 달성!

고급 손재주 스킬의 숙련도 100%를 달성했습니다.
손재주의 마스터!
손으로 하는 일이 궁극의 경지에 올랐습니다!
상상을 초월하는 이 업적을 달성하고 현재 살아 있는 사람은 인간과 드워프 종족을 떠나서 유일합니다.

손을 이용하는 모든 스킬들의 습득 속도를 12% 증가시킵니다.
주먹이나 무기와 관련된 모든 스킬들이 고급 1단계까지 매우 빠른 시간에 숙련될 것입니다.
무기를 보다 정확하게 다룰 수 있습니다. 타격점을 한곳에 모아서 16%의 피해를 더하며, 방어 시에도 이를 무시하고 약간의 피해를 입힙니다.
상대방이 사용한 기술들을 따라 함으로써 일정한 경험이 쌓이면 습득할 수 있습니다. 고급 기술일수록 많은 횟수를 정확하게 따라 해야 합니다.
대장일, 재봉의 생산품에 특별한 혜택이 세 가지 부여됩니다.
십분의 일 확률로 절대 파괴되지 않거나 찢어지지 않는 물품을 만들 수 있습니다.
삼십오분의 일 확률로 뛰어난 공격력을 가지거나 혹은 놀라운 방어력을 가진 물품을 만들 수 있습니다.
요리에 특별한 혜택이 부여됩니다.
전매특허 손맛!
각 요리들마다 최소한의 조미료로도 정갈한 맛을 낼 수 있게 됩니다.
낚시의 실패 확률이 크게 줄어듭니다.

물고기와의 미묘한 신경전에서 손재주를 통해 탁월한 힘 조절이 가능해질 것입니다.
조선 스킬로 만든 선박에 높은 내구성을 부여합니다.
바다에서 항해를 하며 직접 돛을 조종한다면 순풍의 영향력을 높입니다.
광산에서 곡괭이질을 통해 더 많은 면적을 작은 힘으로 파낼 수 있습니다.
붕대를 매우 빨리 감게 됩니다.

조각품에 특별한 혜택이 한 가지 부여됩니다.
모든 조각품에 꼼꼼함이 더해졌습니다.
조각품의 가치가 15% 증가하며, 관련 스킬들에도 영향을 줍니다.

―명성이 23,490 올랐습니다.

―예술 스텟이 98 상승하셨습니다.

―인내가 7 상승하셨습니다.

―매력이 10 상승하셨습니다.

―대작 조각품을 만든 대가로 전 스텟이 3씩 추가로 상승합니다.

―호칭! 희귀 금속의 장인을 획득하셨습니다.
신의 눈물이라 불리는 헬리움을 가공한 대장장이에게만 붙는 특별한 호칭!
대장장이가 완수하는 제작 퀘스트의 경험치와 명성 획득을 2배로 증가시켜 줍니다.
희귀 금속을 다룰 때의 숙련도 증가를 빠르게 합니다.

"으아아악."

조각상의 엄청난 옵션!

위드는 조각품을 만들자마자 안타까움의 비명부터 질렀다.

"이 조각품이 내 것이었어야 하는데!"

라투아스의 조각품이니 옵션이 뛰어나다고 해도 그림의 떡조차도 안 됐다.

조각품을 보기 위해 드래곤의 레어까지 올 수는 없는 노릇이었으니까.

잘 만들어 놓고 배가 아픈 현상!

"이래서 남의 걸 만들어 주면 안 돼. 고생은 내가 했는데 다 헛짓이라니까."

그리고 위드는 고개를 갸웃했다.

"근데 뭔가 있었던 것 같은데… 손재주 스킬과 관련되어서 뭔가 말이 많았어."

한번에 읽기도 벅찬 엄청난 양의 메시지 창!

위드는 메시지 창을 읽어 보다가 경악했다.

"잠깐… 설마 내가 손재주를 마스터한 거야?"

고급 손재주 스킬은 조금 전까지 고급 9레벨 98.4%의 숙련도를 가지고 있었다.

조각술이 손재주를 빨리 성장시키는 혜택이 있지만, 검술이나 대장일, 재봉 스킬 등 손으로 하는 모든 스킬들과 연관이 있다.

손재주는 한두 가지만 열심히 한다고 해서 쌓이는 흔한 스킬이 아니었다.

노가다의 상징과도 같은 스킬!

다크 게이머 연합, 로열 로드의 각종 정보 게시판에서도 앞으로 3년 안에 마스터가 나타나기는 불가능하리라고 분석했던 스킬이 바로 손재주였다.

손재주의 마스터!

모든 스킬들을 통틀어서 가장 큰 보상이 주어질 가능성이 있다고 사람들이 조심스럽게 전망하던 스킬이었다.

메시지 창을 읽어 보니 그야말로 종합 선물 세트라고 할 정도로 탁월한 효과를 가졌다.

"그런데 내가 마스터를 하다니… 그것도 조각술보다도 먼저 말이야."

기쁘면서도 기가 막힌 일이었다.

대장일, 재봉, 조선, 항해, 채광, 낚시, 요리 등 여러 가지 스킬들을 다양하게 익힌 덕분이었다.

조각품을 깎을 때에도 유별나게 크거나 무거운 노가다 작품이 많았던 게 이유가 되었으리라.

조각술의 숙련도 역시 고급 9레벨 98.9%였다.

지독하게도 늘어나지 않던 숙련도지만 이젠 정말 대작 1~2개면 마스터의 경지에 충분히 도달하리라.

시간 조각술이 중급에 올라서 영원히 시간이 흐르지 않는

박물관을 세울 수도 있었으니 마스터가 눈앞에 아른거렸다.

"조각술까지도 마스터한다면 직업 최초의 마스터 역시 내가 되겠군."

노가다로 세운, 역사에 길이 남을 업적이었다.

"역시 내 인생의 비결은 노가다였어."

위드는 자신이 어릴 때부터 했던 노가다들을 돌이켜 보려고 했다.

인형 눈 붙이기, 단추 꿰기, 우유 배달, 신문 배달, 흙 퍼 나르기, 벽돌 쌓기… 등등등. 종류가 너무 많아서 한참을 떠올리다가 포기했다.

The Legendary Moonlight Sculptor

라투아스의 보상

The Legendary Moonlight Sculptor

어쩔 수 없는 반란 완료

하벤 제국 주민들의 집단 봉기는 뜻밖에도 식량을 구하지 못해서 일어난 것이었다.
과중한 세금과 텅 빈 곡물 창고, 낮아진 치안으로 들끓는 도적단으로 인하여 식량 수송 마차가 제때 도착할 수 없었기 때문이다.
도시 반델룬의 주민들은 반란을 일으켜서 10,392명이 사망하였다.
생산 시설은 큰 피해를 입고 가동률이 49% 감소했으며, 치안은 옆집 이웃조차 믿을 수 없을 정도로 하락했다.

—퀘스트의 보상으로 스텟이 늘었습니다.
힘이 4 증가하였습니다.
지혜가 3 상승했습니다.
생명력의 최대치가 200만큼 늘어났습니다.

"이번에는 제국에 피해를 입히는 퀘스트였나."

바드레이는 흑기사의 퀘스트를 조심해서 진행해 왔다.

넓은 제국 내에서 때때로 반란군을 소탕하기도 하고, 어떤 때에는 무고한 이들을 부추겨서 희생시킨다.

반델룬으로 가는 식량을 끊은 것은 다른 누구도 아닌 바드레이였다.

황제 직속의 도적 떼를 만들어서 그들을 조종하여 도시 내에 식량 부족 사태를 일으켰다.

'이건 함정일까? 아니면 직업에 따른 페널티가 드러나고 있는 것일지도.'

바드레이는 흑기사의 직업이 매력적이라고 생각했다.

뛰어난 전투 재능과 큰 야망을 가지고 있어서 빨리 황제의 자리에 오를 수 있는 최고의 직업.

황제가 되고 난 이후에는 미심쩍은 퀘스트가 생겨났다.

제국의 치안이 불안정해지면, 불안과 불신에 의한 통치 퀘스트가 발생했던 것이다.

충성도가 낮은 부하들을 은밀하게 처형하거나 도시의 불안을 부추기는 일.

흑기사 직업의 최대 폐해로, 페널티라고도 볼 수 있다. 퀘스트를 실행하면 하벤 제국의 상황을 조금씩 악화시킨다.

심상치 않은 퀘스트 내용들이 이어져서 중단하려고 하면 의외로 하벤 제국에 긍정적인 결과를 나타내기도 했다.

반란군이 들끓는 지역에 아주 작은 퀘스트를 완수한다고 해서 전체적인 대국에서 바뀌는 것은 별로 없었으며, 오히려 그 지역을 안정화시킬 때도 있었던 것이다.

"함정으로 보기에는 너무 미묘한 퀘스트로군. 그러나 내 직업이 흑기사라는 점이 걸려."

흑기사 퀘스트의 대가로 사냥으로 얻기 힘든 스텟이나 추가 보상을 받을 수가 있었다.

퀘스트의 난이도가 높지도 않은 데다 빠르게 완수할 수 있다는 점은 훌륭했다.

"그럼에도 이건 몰락으로 이어지는 잘못된 유혹 같기도 하다."

바드레이가 의심을 할 정도로 퀘스트의 대가는 어쨌든 컸다.

평화 시라면 처음부터 시작도 하지 않았겠지만, 심각한 반란이 일어나고 있는 지금은 별로 손해가 없었다.

하벤 제국의 말을 듣지 않는 주민들과 병사들은 없어지는 편이 나을 수도 있다. 주민들이 피해를 입더라도 제국의 근간은 헤르메스 길드이기 때문이다.

작은 도시의 내정이 나빠지더라도 황제의 직할지가 아닌 다른 영주의 영토는 바드레이의 이익과 관련이 없었다.

'나는 황제다. 그리고 동시에 헤르메스 길드를 이끄는 수장이기도 하다.'

바드레이는 흑기사 직업 퀘스트에 대한 의심을 계속 갖고는 있었지만 아직까지는 진행해 왔다. 그러나 언제든 그만둘 준비는 하고 있었다.

'헤르메스 길드 체제가 완벽하진 않다. 그리고 1년, 혹은 2년 안에 어쩌면 누군가가 물밑에서 큰 세력을 형성해서 내게 도전하게 될지도 모르지.'

헤르메스 길드를 다스리고, 하벤 제국의 황제로서 정통성을 드러내려면 강력한 무력은 필수.

흑기사란 직업이 배반과 모략으로 황제의 지위를 얻는다고는 해도, 끝없는 강함에도 유리한 측면이 있었다.

바드레이는 흑기사의 직업이 가진 장점을 충분히 누리기로 했다. 그리고 발생한 새로운 퀘스트.

띠링!

황제의 성스러운 선택

제국을 통치하기 위한 존엄한 황제의 노력은 값진 결실을 이루어 냈다.
불순분자들을 일찌감치 제거하여 제국의 암운을 걷어 냈고, 새로운 도약을 위한 피의 밑거름을 뿌렸다.
흑기사 출신의 황제는 두 가지의 길 중 하나를 선택하여야 하리라.

첫 번째의 길

야심만만한 흑기사라면, 목표로 했던 황제가 되었다고 하여 나약함 따위는 갖지 마라.
이 영광된 자리를 그 누구도 넘볼 수 없도록 공포를 바탕으로 한 피와 죽음의 통치를 하라.

의심스러운 자들은 모두 죽인다면 황제의 자리는 영원히 그대의 것이다.

두 번째의 길

제국의 혼란을 빠르게 수습하기 위해서는 넓은 포용력을 보여 줄 필요가 있다.
현명한 황제는 적을 설득하고 받아들여서 아군으로 삼는다.
모든 백성들을 위한 통치를 하여 제국이 더욱 빛날 수 있도록 하라.

난이도 : 황제 한정 퀘스트
퀘스트 제한 : 흑기사 출신의 황제.
불안정한 제국의 치안과 반란군 출몰.
흑기사 연계 퀘스트의 완료
보상 : 두 가지의 길을 선택함에 따라 하벤 제국의 통치력에 영향을 미침.

첫 번째의 길을 선택하였을 때에는 보상으로 반란군이 선명하게 드러나게 됩니다.
황제인 당신에게 특별한 눈이 주어집니다.
마음을 꿰뚫어보는 눈은 조금이라도 반란의 음모를 꾸미는 자들을 보면 붉게 표시할 것입니다.
눈에 보이는 반란자들을 죽일 때마다 치안과 공포가 상승합니다. 개인의 무력과 통치력이 증가할 것입니다.
하지만 때때로 그 눈은 지나친 의심에 의해 선하고 순수한 이들까지도 나쁘게 볼 수 있습니다.
만약 반란의 음모를 꾸미는 자들을 보고도 내버려 두고 처리하지 않는다면 불안감에 의해 전투 능력이 저하될 것입니다.
불안감이 많이 쌓이면 신체적으로 중병에 걸릴 수 있습니다.

두 번째의 길을 선택하였을 때에는 보상으로 화술과 위엄과 관련된 스킬을 마스터의 수준으로 발휘하게 됩니다.
황제의 존엄에 의하여 반란군의 불만이 빠르게 잦아들 것입니다.
전투 중에 투항하는 자들이 늘어날 것이며, 패배한 자들은 원하지 않더라도 제국의 통치에 수긍하게 될 것입니다.
제국 내의 모든 생산 시설의 효과를 영구적으로 4% 증가시킵니다.

제국 내의 주거지의 효과가 증가합니다. 주민들은 더욱 편안히 쉴 수 있습니다.
상업의 발달이 촉진되며 실전된 기술의 복원이 빨라집니다.
제국민들을 위한 치안과 경제력 회복이 이루어지면 맹목적으로 황제를 추앙하는 무리가 나타나게 됩니다.

주의!
선택하게 되면 되돌릴 수 없기 때문에 신중하게 결정해야 합니다.
열흘 안에 결정할 수 있습니다.

바드레이의 눈이 날카로워졌다.

"이번 퀘스트야말로 정말 엄청나다."

조마조마하며 퀘스트를 수행했던 것이 우스워질 정도였다.

"제국의 황제에게 주어지는 혜택이었구나. 그렇다면 어느 쪽이든 좋지 않은가?"

첫 번째의 길은 다분히 전투 쪽에 치우쳐 있었다.

무신 바드레이의 입장에서는 반가울 수도 있는 방법이다. 다른 유저들과의 격차를 현저하게 늘려서 강함을 지금보다 더욱 과시할 수 있으니까.

하벤 제국에 피해가 생기더라도 당장 반란군을 제압하기에는 좋을 것이다.

제국의 피해를 개인의 이득으로 바꾸는 길.

두 번째의 길은 하벤 제국을 위한 선택이었다.

어려운 제국의 상황을 개선시키며 내정을 수습하고 발전의 길로 나아갈 수 있다.

황제에게 특별히 주어지는 혜택은 없지만 하벤 제국이 안정된다면, 전체적으로 보면 큰 이득이다.

“어느 쪽이 좋을 것인가.”

바드레이는 사냥도 잊고 두 가지의 길에만 골몰했다.

욕심은 단연 첫 번째의 길이다.

위드는 사막의 대제왕으로서 활약을 하여 팔로스 제국을 세웠다. 무신이라고 불리는 자신이 그보다 더 낮은 업적을 가지란 법은 없다.

황제로서 넓고 크게 보기보다는 압도적인 무력을 갖는 것이야말로 오랫동안 강자의 자리를 지킬 수 있을 것이란 생각도 들었다.

끝없는 강함의 추구와 그로부터 비롯되는 무한한 명예.

바드레이에게는 달콤할 수 있는 유혹이었다.

현명한 황제가 되는 길 역시 끌린다.

제국이 발전한다면 헤르메스 길드의 수장인 자신에게 좋은 일이었으니까.

오직 한 번밖에 선택할 수 없으며, 그 판단이 앞으로 수년간 영향을 미칠 수도 있기에 신중해졌다.

하루 이틀, 고민의 시간이 흘렀다.

사냥을 하면서도 퀘스트의 결정 때문에 집중을 할 수가 없었다.

바드레이는 자기 자신을 돌아보았다.

"나 스스로의 노력으로 이 자리에 올랐다. 내 힘으로도 모든 것을 가질 수 있지 않은가."

황제의 자리를 지키는 일도 스스로 해내면 된다.

강함에 대한 유혹은 틀림없이 매력적이지만 첫 번째의 길은 그에 대한 부작용도 가지고 있었다.

바드레이는 욕망으로 흔들리는 마음을 다잡았다.

"열흘간 고민하면 결국은 첫 번째의 길을 선택할 수밖에 없을 것이다. 모든 것이 좋아지려면 두 번째의 길을 선택하는 편이 옳겠지."

욕심과 이성.

마음은 매순간마다 바뀌었다.

바드레이는 사흘째 되는 날 결정했다.

"두 번째의 길을 선택하겠다."

-황제의 성스러운 퀘스트에서 두 번째의 길을 택하시겠습니까?
결정되면 되돌릴 수 없습니다.

"두 번째의 길을 선택한다."

띠링!

-제국을 위하여 두 번째의 길을 선택하셨습니다.
넓은 포용력으로 제국민들을 위하는 현명한 황제의 길입니다. 황제를 우러르고 칭송하는 사람들로 도시가 가득 차게 될 것입니다.
흑기사의 야망이 이를 거부합니다.

현명한 황제의 길을 선택할 수 없습니다.
선택에 실패하셨습니다.

"이게 뭐야."

바드레이는 몇 번이나 다시 두 번째의 길을 결정했다.

누가 잘못된 단추는 다시 뀔 수 없다고 했던가. 흑기사이기 때문에 퀘스트의 선택 권한이 주어지지 않았다.

위드는 당당하게 드래곤 라투아스를 올려다보았다.

"이것이 저의 조각품입니다."

-실로… 인간의 의지와 능력이란… 불가사의할 정도로구나. 내가 주었던 은과 금, 그런 하잘것없는 것들이 이렇게 아름답게 변할 수 있다니.

라투아스는 유스켈란타의 조각품을 하염없이 쳐다보고 있었다.

"그렇다면 의뢰는 성공적으로 완수된 것입니까?"

-나는 사실을 부정하지 않는다. 이 조각품은 내가 본 것 중에 최고이며, 앞으로도 나에게 이 이상은 있을 수 없다.

띠링!

실버 드래곤 유스켈란타 완료

드래곤 라투아스는 조각사의 능력에 감탄했다.
그는 당신을 최고의 예술가로서 인정하고 존중할 것이다.

-라투아스가 당신을 최고의 예술가라고 선언했습니다.
명성이 38,398만큼 늘어났습니다.

-라투아스가 인간의 도움을 받았기에 공적치 4,462만큼을 인정합니다.

'뭐, 이 정도야…….'

위드는 입가에 흐뭇한 미소를 지었다.

다론 역시 드래곤 앞임에도 불구하고 허리와 어깨를 쫙 펴고 있었다.

"성공했습니다. 이게 다 제가 잘난 탓…은 얼마 안 되고, 다론 님 덕분입니다."

"후후후, 자네와 함께한 덕분에 일생일대의 작품을 만들게 되었군."

다론이 떠나야 할 시간이 되었다.

위드는 악착같이 버텨 오던 그가 조각품이 완성되고 난 이후에나 간다고 하니 시원섭섭했다. 그래도 어려운 조각품을 함께 만든 동료로서 아쉬운 마음이 적지 않았다.

"다론 님이 저보다 더 많이 해내셨습니다. 다론 님이 없었다면 저 혼자는 해내지 못했습니다."

"자네는 앞으로 더 좋은 작품들을 만들어 내겠지. 대륙의 조각술을 잘 이끌어 가 주길 바라겠네."

다론이 서서히 사라져 갔다.

조각 부활술은 또다시 큰 역할을 해 주었다.

나름 인맥이 상당한 편이었으니 부활시킬 만한 영웅은 여전히 많이 남아 있었다.

'시기적절하게 잘 써먹어 줘야지. 인생은 잔머리로 사는 거야.'

위드는 드래곤 라투아스에게 고개를 숙인 채로 뒷걸음질 쳤다.

"많은 실례를 했습니다. 그럼 이만……."

쥐꼬리처럼 작은 목소리로 작별 인사를 했다.

마침 입구에 조각품을 만들었기 때문에 슬며시 산을 내려가려는 작전이었다.

레어를 떠나려는 찰나!

라투아스의 머리가 낮춰져서 위드에게 다가왔다.

-인간이여.

"네, 넷?"

절로 식은땀이 흘렀다.

'걸렸구나. 역시… 조금만 챙기는 거였어!'

조각품을 만들면서 헬리움과 금을 제법 빼돌렸다.

이성은 그러지 않아야 한다고 외치고 있었지만, 탐욕스러운 본능을 이길 수가 없었다.

물론 변명거리를 만들기 위해서 그냥 재료를 챙긴 게 아니라 작은 조각품으로 만들었다.

라투아스에게는 기념품이라고 둘러댈 작정이었고, 심지어는 유스켈란타의 조각품 밑바닥에 붙일 수도 있었다.

'퀘스트는 충분히 잘해 주었다. 나도 나름 조각사로서 사 자 돌림의 전문직이잖아. 그렇다면 정당한 인건비는 받아야지.'

갑옷은 아니더라도 장갑이나 부츠를 만들 수 있을 정도로 헬리움을 빼돌리고, 금괴도 100킬로를 챙겼다.

막대한 양이었지만 드래곤이 내놓은 것에 비하면 적었다.

-너에게 할 말이 있다.

"무슨 말씀이신지요. 저는 선약이 있어서……. 보상을 해 주실 거라면 마음만 받아 두어도 좋습니다. 좋은 뜻에서 한 일인데 그걸 꼭 따져 가면서 수당을 챙겨 주지는 않으셔도 됩니다."

-너에게는 쓰다 남은 조각 재료들이 있지 않은가.

위드는 가슴이 뜨끔했다.

정확한 양을 파악하기 어렵게 만들기 위해 일부러 조각품에 얇게 펼쳐서 발랐음에도 불구하고 걸리다니!

자신의 직업은 조각사였지만 도둑이나 암살자 같은 직업은 공식적으로 사기나 소매치기 스킬 등이 있었다. 대상이 알아차리지만 않는다면 적대도도 쌓이지 않고 재물을 취할 수가 있다.

물론 그렇다고 해도 웬만한 도둑이나 암살자도 통 크게 드래곤을 상대로 해 먹는다는 생각은 못 했으리라.

"조금 있긴 합니다만… 미처 깜박하고 조각 재료들을 반납을 못 했습니다."

위드는 배낭에서 금덩어리를 꺼냈다.

3~4개를 꺼냈는데도 드래곤의 얼굴은 변함이 없었다.

'다 알고 있구나. 지능이 높을수록 어렵다더니.'

가지고 있는 금덩어리들을 눈치를 보며 슬금슬금 하나씩 계속 꺼냈다.

'이 정도면 되겠지. …아직도 더? …얼마나 알고 있는 거야. …이런 날강도 같은 드래곤!'

배낭에서 나온 금덩어리가 수북하게 쌓였다.

조각 부활술까지 쓰느라 조각품을 만들기 위한 희생이 만만찮았는데도 불구하고 어떤 수고비도 안 주겠다는 태도가 아닌가.

위드가 몰래 챙긴 금덩어리가 전부 나왔는데도 드래곤은 엄숙하게 말했다.

-헬리움은 인간 세상에서 함부로 돌아다녀서는 안 되는 것이다. 인간들에게 대단한 가치가 있는 재료를 허락 없이 가져가서는 안 된다.

헬리움!

위드에게 있어서는 최후의 최후까지도 걸리고 싶지 않은 재료였다.

'확 시간 조각술을 쓰고 튀어 버려? 시간 조각술을 쓰면 못 잡을 텐데. 문제는 아주 먼 곳까지는 도망치기 힘들다는 점이지만.'

그렇지만 대단한 반전이 있었다.

-그러나 인간이여, 그대가 나에게 준 기쁨은 이루 말할 수 없다. 그대가 원한다면 나에게 유스켈란타의 조각품을 만들어 준 대가로 그것을 주겠노라.

띠링!

-드래곤 라투아스가 제안을 하였습니다.
현재 조각 퀘스트를 달성하며 총 공적치 4,462를 보유하고 있습니다. 헬리움을 가져가기 위하여 공적치 4,192를 사용하시겠습니까?
제안을 받아들이시면 헬리움을 당당하게 소유할 수 있습니다.
제안을 거부한다면 헬리움을 반납하고, 도둑질로 인해 상당한 양의 명성이 하락하며 적대도가 생성될 것입니다.

위드는 지금처럼 빨리 설명 창을 읽었던 적도 드물 것 같았다.

"유스켈란타 님을 조각한 것은 저로서도 큰 영광이었습니다. 그 대가로 이 조각 재료를 저에게 주신다면 앞으로도 예술을 위해 요긴하게 쓰겠습니다."

-드래곤 라투아스의 제안을 받아들였습니다.
헬리움을 정식으로 소유하게 되었습니다.
270의 공적치가 남았습니다.

두말할 것도 없이 제안 수락!

과거에 얻었던 헬리움으로는 여신의 기사 갑옷을 만들었다. 유스켈란타의 조각품을 만들고 나서 남긴 헬리움으로도 갑옷 하나 정도는 더 제작할 수 있었다.

'부츠나 방패, 헬멧 같은 걸 만들어서 착용한다면 대박이다.'

레벨이 낮은 초보자 시절에도 장비발은 큰 영향을 주었다.

위드의 레벨 정도가 되면 뒤떨어지는 장비를 바꾸는 것만으로도 전투 능력이 상당히 향상될 수 있다.

단순히 강해지는 것도 중요하지만 몬스터의 사냥 속도에도 차이를 주었기에 더할 나위 없는 보물이었다.

정식으로 헬리움을 얻은 위드는 당당하게 라투아스를 보았다.

"저기, 금도 좀 갖고 싶습니다만."

공적치를 이용한 금 교환!

드래곤의 공적치라고 한다면 대단하기는 하지만 생각을 달리할 필요도 있었다.

'우리가 또 언제 볼 사이라고…….'

만수무강을 위해서는 드래곤 사냥을 하기 전까지는 마주

칠 필요가 없는 사이.

-원한다면 가져가도록 하라.

띠링!

-드래곤 라투아스의 공적치 1에 금 50킬로그램을 가져갈 수 있습니다.

"오오오."

50킬로그램이라면 골드로 따지더라도 엄청난 양이었다.

위드의 머리가 계산을 위해서 빠르게 회전했다.

'현재 시세가…….'

보통 황금 약 3그램의 양이 1골드로 환산되기 때문에, 1킬로그램만 되더라도 333골드에 달한다.

그렇다면 1에 해당하는 공적치를 금으로 바꾸면 1만 6,666골드를 얻을 수 있다.

전부 다 바꾸면 450만 골드 정도가 된다.

'음. 적지 않은 액수군.'

고작 270의 공적치가 이 정도이니, 획득한 헬리움의 총 가치는 역시 쉽게 계산이 되지 않을 정도였다.

'돈보다는 구하기도 힘든 재료이니 여러모로 이익이라고 할 수 있지.'

위드는 말했다.

"거래하겠습니다."

모든 공적치를 금으로 바꾸어서 남은 것은 0으로 만들었다. 다시 안 볼 사이라는 점을 확실히 한 것이다.

모든 거래를 끝내고 나서 위드는 홀가분하게 말했다.

"감사합니다, 드래곤 전하. 그럼 저는 이만 물러가 보겠습니다."

그러나 드래곤의 용무는 아직 끝나지 않았다.

라투아스의 머리가 위드의 바로 앞까지 다가왔다.

번뜩이는 살벌한 눈동자는 공포를 가득 자아냈다.

-인간이여, 유스켈란타의 죽음에 대해서 어디까지 알고 있는가.

두둥!

위드의 심장이 덜컥 내려앉았다.

'이건 또 드래곤의 퀘스트? 그것도 조각품이 아니라 모험과 관련된 퀘스트가 발생할 징조다.'

간단한 퀘스트를 내주더라도 솜털이 솟구칠 정도로 긴장을 하는 것이 당연하다.

드래곤의 죽음과 연관된 퀘스트를 밟아 가야 하다니, 그건 정말 끔찍한 악몽이었다.

위드는 고개를 절레절레 흔들었다.

"저는 미약한 조각사에 불과합니다. 저는 아무것도 모릅니다. 설혹 알더라도 기억이 나지 않습니다."

텔레비전 뉴스를 보면서 배운, 기억이 나지 않는다며 시치미 떼기!

'확 아픈 척을 하고 드러눕기까지 해야 되나?'

혼돈의 드래곤 아우솔레토에게서 얻은 거울이 있기 때문에 대략의 상황이 짐작이 가지 않는 것은 아니었다.

드래곤 유스켈란타의 죽음에는 분명 이유가 있을 것이다.

지금은 사라진 엠비뉴 교단이 관련되었을 수도 있고, 혼돈의 드래곤 아우솔레토가 원흉이었더라도 놀랍지 않을 것이다.

혹은 어쩌면 그 배후에 누군가가 있었을지도…….

퀘스트를 진행하다 보면 부족한 정보의 파편들을 모아서 전체적인 큰 그림을 알게 되리라.

'그렇다고 대륙의 평화를 혼자 지킬 수는 없잖아. 헤르메스 길드 놈들은 그사이 발 씻고 잠이나 잘 텐데.'

원래대로라면 중앙 대륙은 엠비뉴 교단을 물리쳐야 했고, 내정에도 전력을 다해서 힘을 쏟아야 했다.

북부는 사정이 좋았다지만 엠비뉴 교단이 한창때에 대륙에 끼친 피해는 그만큼 막심했다.

그렇지만 조각술 최후의 비기 퀘스트를 하면서 자신이 엠비뉴 교단을 대신 처리해 주며 모든 문제들이 말끔하게 해결되었다.

중앙 대륙의 발전도가 높아졌고, 역사가 뒤바뀌면서 부서진 도시들도 회복되었다. 하벤 제국은 그 여유를 모아 북부로 침략도 할 수 있었다.

평생 할 착한 일은 이미 다 한 느낌이었다.

드래곤 라투아스가 냉정한 눈으로 위드를 살폈다.

띠링!

—퀘스트 '드래곤 라투아스의 조사관'을 진행하기에 자격이 모자랍니다.
최소 480의 레벨이 필요합니다.
기품과 용기는 400 이상으로 필요조건을 달성했습니다.
주요 전투 스킬이 고급 7레벨에 도달하지 못했습니다.
퀘스트를 부여받지 못합니다.

—아직은 시기가 이르기는 하군. 그대의 능력도 앞으로 벌어질 일을 대비하기에는 모자라다. 언제든 이야기가 듣고 싶다면 내게로 찾아오라. 그대가 나서든 나서지 않든 때가 되면 일은 벌어지게 될 것이다. 유스켈란타가 끝까지 지키려고 했던 인간들이여…….

"감사합니다."

위드는 역시 배운 드래곤이라 다르다며 레어를 서둘러 빠져나왔다.

앞으로 무슨 일이 벌어지거나 말거나 그게 무슨 상관이란 말인가.

한시가 급한 노가다 현장에서도 농땡이칠 구석은 있는 법.

절대로 끼고 싶지 않았다.

꽈아아아아앙!

"동쪽으로 피해요!"

"수풀 속으로 들어갑시다."

"안 돼요. 그냥 다 짓밟혀서 죽을 거예요!"

진홍의날개 길드에서는 퀘스트를 전전하다가 거인들이 사는 땅에 도착했다.

테로스와 그의 동료들, 그리고 방송을 보고 참여한 탐험대 수백 명과 함께였다.

"베르사 대륙이 아닌 다른 세계? 호기심이 생기는군."

"신대륙 아닙니까? 뭐가 있든 먼저 가서 말뚝을 박는 사람이 임자라고 할 수 있죠."

유저들 중에는 진홍의날개 길드 소속원도 상당수 있었는데, 그들은 모험을 통해 다시금 재기를 꿈꿨다.

세력은 일구지 못하더라도 명예만큼은 되찾기를 바랐다.

테로스는 사람들로부터 더 이상 욕과 악플을 당하지 않게 된다면, 북부에서 새로운 터전을 일구어서 영주가 되겠다는 꿈을 밝혔다.

여기저기서 푸대접이나 받던 진홍의날개 길드원들은 그래서 재결합할 수 있었다.

정상적으로는 죽은 자의 손톱으로 만든 배를 타고 와야 했으나, 퀘스트를 통해서 지하 가시덤불 숲을 지나 거대한 지렁이를 통해 거인족의 세상으로 들어왔다.

그러나 거인들은 개개인의 레벨이 700을 넘어서는 엄청난 강자들.

신들이 인간계와 거인계를 분리해 놓은 까닭이 이해될 정도로 터무니없이 강했다.

"조그…만… 벌레… 맛…있게 생겼…다."

거인들은 유저들을 잡아먹었다.

다행인 점은, 1~2명을 먹고 나면 맛이 없다면서 나머지는 도망치더라도 내버려 두었다.

거인들이라고는 단 하나도 처치하지 못하고 도망 다니는 탐험대!

방송국에서는 모험을 중계하면서 평균 10%가 넘는 높은 시청률을 안정적으로 기록했다.

거인족의 세상을 헤매고 다니면서 원정대에서 사냥할 수 있었던 건 큰 쥐와 잠자리 등에 불과했다.

거인들이 1~2명씩 돌아다녔으며, 또한 인간들의 덩치가 작아서 숨기가 편하다는 점이 최적의 장점이었다.

끈질긴 약 1달간의 탐험.

7할이 넘는 유저들이 1회 이상 목숨을 잃어버렸을 정도로 피해가 막심했다.

인간계로 돌아가고 싶어도 쉬이 다시 길을 찾아 떠날 수가 없었다. 그리고 찾게 된 몇 가지의 엄청난 단서가 있었다.

-모험가 로드시커가 이곳을 먼저 다녀갔다. 그가 찾아온 이유는 대지의 여신 미네의 교단의 부탁을 받았기 때문이다.

-베르사 대륙 서쪽 바다의 건너편 어딘가에는 거인들이 만들어 놓고 잊어버린 신대륙이 있다.

-새로운 대륙은 몬스터와 마법의 장벽으로 인해서 막혀 있다.

-거인들은 베르사 대륙에서 엄청난 양의 황금을 캐서 신대륙으로 가져갔다.

신대륙!

베르사 대륙의 주민들 사이에서는 가끔 이런 이야기가 돌아다녔다.

"대지의 여신 미네 님은 무척 부지런한 분이신데… 세상에 오로지 이 대륙 하나밖에 없을까?"

"옛날 우리 아버지도 모험가였지. 바다를 통해서, 혹은 어떤 마법의 문을 통과하면 새로운 세상으로 갈 수 있다는 말을 입버릇처럼 하셨어. 그러고는 다시 돌아오지 않았지."

주민들 사이에서 신대륙이 언급되곤 했지만 구체적인 퀘스트로 이어지지는 않았다.

그럼에도 모든 유저들이 신대륙에 대한 희망을 갖고 있었다.

베르사 대륙만으로도 이미 하나의 거대한 세상이다.

북부 탐험도 한창 이루어지고 있으며, 남부나 서부의 개척도 덜 되었다.

그렇지만 꿈을 좇는 모험가들에게는 새로운 대륙에 대한 부푼 기대감이 있었다.

신대륙의 개척자!

위드가 아르펜 왕국을 건국한 것처럼 그곳에 주민들이 있다면 자신만의 왕국을 만들어 보겠다는 큰 포부.

거인들의 땅에서도, 비록 단서에 불과하지만 신대륙이 확실하게 존재한다는 사실을 밝혀낸 것으로도 테로스와 진홍의날개 길드에서는 대박을 터트린 것이었다.

신대륙에 대한 정보를 찾기 위한 그들의 모험은 날로 유저들의 큰 관심을 받았다.

남부 사막지대.

"몬스터 지대를 우회하면 지름길이 있어서 이곳까지 더 빨리 도착할 수 있습니다."

벤이 사막 전사들에게 조언을 했다.

열흘 안에 몬스터의 습격으로부터 사막 도시 부하레스를 구원해야 했다.

대지의그림자 파티에서는 사막 전사들의 길잡이가 되어 장애물들을 해소하며 그들에게 도움을 주었다.

사막 부족들을 포섭하고, 사막의 대제왕 퀘스트 14단계의 마지막까지 달려오고 있었다.

흩어져 싸우던 수많은 사막 부족들이 사막 전사들의 용맹으로 뭉치는 퀘스트!

그리고 그들은 혼자가 아니었다.

먼 북부에서 온 유저들이 사막의 대제왕 퀘스트를 뒤늦게 진행하며 대지의그림자 파티와 힘을 합치기로 했다.

검오치와 수련생들!

사막의 대제왕 퀘스트에서 두각을 드러냈던 거친 사막 전사 바에브치, 캄초, 헤우스.

비겁하고 거친 사막 전사들을 때려서 굴복시키고 퀘스트 중간에 끼어들었다.

태양에 피부가 검게 탄 검오치가 말했다.

"그냥 갑시다."

"예?"

"몸도 뻑뻑한데 다 때려잡으면서 가지요."

검오치를 따르는 수련생들!

그들은 저마다 쌍봉낙타를 끌고 휘어진 칼을 차고 있었다.

오직 전투밖에 없는 대제왕 퀘스트에 참여해서 레벨도 제법 올리고 스킬도 여러 개 습득했다.

강한 몬스터가 보이면 낙타를 타고 돌격해서 몽땅 처리해 버리고 나서야 원래 가야 할 길을 갔다.

검십구치가 말했다.

"우린 꼭 현대에 태어나지 않았어도 괜찮았을 것 같아."

검이백팔치도 동감이었다.

"그렇죠, 뭐. 사막 생활도 해 볼 만한데요. 햇볕이 좀 뜨겁긴 해도 경치가 막힌 곳 없이 탁 트여서 편안하고."

"어릴 때 공부도 안 시킨다더라."

인간이 쌓아 올린 문명이나 환경에 구애받지 않는 검오치와 수련생들!

그들은 사막의 대제왕 퀘스트를 하며 거친 야성을 폭발시켰다.

상체에는 전사들을 상징하는 문신과 흉터 자국이 가득했다. 검오치가 죽기 직전까지 당하다가 치료도 하지 않고 간신히 살았더니 커다란 흉터가 생겼다. 그걸 보고 나서 다들 부럽다며 일부러라도 벗고 다니면서 멋진 흉터들을 만든 것이다.

어딘가 갈수록 여자들과는 더 멀어지는 모습이었다.

"우리 대제왕 퀘스트를 끝내면 뭘 하지?"

"그땐 중앙 대륙이라도 털어 보죠. 헬멧 길드 놈들을 쓰러뜨리는 맛이 있지 않겠습니까!"

대지의그림자 파티와 사막 전사들이 지나가고 나자 엄청난 모래 폭풍이 다가왔다.

사막이 자랑하는 낙타 기병!

전쟁의 시대를 강타했던 팔로스 제국의 재건이 막바지에 이르고 있었다.

헤르메스 길드의 대습격

"제국의 혼란이 잦아들지 않고 있습니다."

헤르메스 길드에서는 또다시 비상 상황임을 인식했다.

–용기사 뮬의 사망.

–반란군의 출몰.

–내정의 거듭되는 실패.

–북부 정복 지역의 불안정.

정보대를 통해서 대륙의 각지에서 올라오는 보고들을 종합적으로 분석해 본바, 이대로라면 하벤 제국이 위태로울 수 있다는 결론에 이르게 되었다.

중앙 대륙에서는 위드가 용기사 뮬을 습격한 이후로 그를 따라 하는 유저들만 수백 명이나 등장했다.

과거처럼 헤르메스 길드를 무서워하지 않는다.

공포를 바탕으로 지배해 왔지만 현재는 빈틈이 드러나면 유저들이 역으로 습격을 했다.

대부분의 습격은 역으로 쉽게 퇴치를 해 버렸지만 훤한 대낮에도 자신들을 상대로 습격이 이루어졌다는 점이 충격적이었다.

북부 대륙에서는, 식민지의 전초기지로 생각했던 정복 지역의 발전이 예상 밖에 더디게 진행되었다.

풍부한 물자와 많은 돈으로 도시 시설과 건물은 세웠다. 그렇지만 하벤 제국의 노예들 외에 북부 유저들을 찾아보기가 힘들었다.

하벤 제국 식민지의 기술이 아무리 높고 편의 시설이 다양해도, 북부 유저들은 관심이 없었다.

아르펜 왕국의 자유분방한 분위기와 유저들끼리의 즐거운 생활을 만끽하고 있으니 건물이 깨끗하고 개발이 더 되었다고 해서 식민 지역으로 찾아올 일은 없는 것이다.

북부에 미개척 지역이 많다곤 해도 대도시 모라타에 가면 뭐든 해결할 수 있다는 점도 장점이었다.

하벤 제국이 분명히 발달하였지만, 북부에서 발전도가 가장 높은 모라타에서도 못하는 건 찾기 힘들 정도였다.

"돈을 차곡차곡 모아서 아르펜 왕국에다가 집을 사야지! 가족들을 위해서라도 살길은 야반도주밖에 없다."

"훗… 내게 지원금을 줘? 모조리 빼돌리다가 나중에 갖고 튀어야지!"

노예가 되어 북부로 끌려간 주민들이 도망쳐서 아르펜 왕국의 주민이 되는 경우가 역으로 흔하게 벌어졌다.

가끔 식민 지역에서 시작하는 초보자들의 뜻도 한결같았다.

"여기가 알바 자리가 많다며?"

"초반 기술들만 습득하고 바로 가야지. 정말 최악이다. 건물만 새것 같지 완전 지루하고 활력도 없는 도시네."

식민 지역을 통한 베르사 대륙 통치 계획에 심각한 차질이 생기고 말았다.

북부의 정복 지역은 조롱거리가 되면서 막대한 돈과 물자만 잡아먹는 하마처럼 되어 가고 있었다.

게다가 정복 지역에 마을과 도시가 생겨나면서 훌륭한 표적이 되었다.

검치와 수련생들.

시작은 고작 200명에서 300명가량으로 추정되는 유저들이었다.

그들은 황소를 타고 하벤 제국의 북부 지역에서 마을을 약탈하고, 제국군과의 전투를 즐겼다.

헤르메스 길드의 기사들도 바보가 아닌 이상 수비 병력을 데리고 힘껏 싸워 봤지만 상대도 되지 않았다.

"근접 공격에서는 손발이 어지러워서 속수무책이고, 뭔가 큰 스킬을 발휘하려고 하면 황소를 타고 미리 벗어나거나 먼저 들어옵니다."

제집처럼 하벤 제국의 땅을 헤집고 다녔다.

북부 정벌군의 총사령관 알카트라는 병력을 배치해서 포위 섬멸 계획도 몇 번이나 세웠다.

그러나 그들의 전투 감각은 무서울 정도였다. 싸울 자리를 잘 파악하고, 군대를 정면으로 공격하여 단숨에 찢어 놓는다.

병력과 병력끼리의 전투에서 기사들이 전혀 버텨 주지 못했으니 상대하기란 어림도 없었다.

포위망을 비웃기라도 하듯이 매번 군대에 상당한 피해를 입히고 빠져나갔다.

그렇다고 해서 고급 인력인 마법사들을 모든 병력에 배치하기도 무리다.

마법사들은 잘도 피해 다니면서 싸우더니, 나중에는 조인족의 등에서 화살을 쏴서 원거리에서 저격했다.

조인족이 그들의 눈이 되어 주고 있는 이상 하벤 제국의 병력 이동은 훤히 들여다보였다.

헤르메스 길드의 초기 생각과는 다르게 북부 대륙의 개척 지역은 돈과 자원을 집어삼키는 하마가 되고 있었다.

중앙 대륙의 경제 재건도 여의치 않았다.

황궁에서 많은 지원금을 베풀었으며 영주들도 이제는 그

뜻에 공감하여 지역개발에 앞장을 섰다.

전쟁으로 파괴된 도시 건축물 복구, 생산 시설 정비와 재투자, 안전한 교역로 확보, 악화된 치안을 회복하고 주민들의 충성도를 올리기 위해서는 돈으로만은 되지 않았다.

투자를 통해 경제력이 조금 올라가는가 싶다가도 반란이 일어나면 말짱 도루묵!

1~2달의 시행착오를 겪으면서 내정이 밑바닥이라고 해도 될 정도로 심한 악화 상태이기에 장기간에 걸쳐 꾸준하게 투자를 해야 효과를 볼 수 있을 것으로 결론이 났다.

헤르메스 길드의 입장에서는 억울한 감도 적지 않았다.

중앙 대륙의 각 왕국들은 거듭되는 전쟁을 통해 이미 경제적으로 위축되어 있었다.

난세가 어디 헤르메스 길드만의 책임이던가. 경쟁자들을 물리치고 최종 패권을 잡은 것일 뿐이다.

영광스러운 앞날이 있을 줄로만 알았는데 전쟁으로 파괴된 시설과 여차하면 칼을 드는 주민들을 거두게 되었다.

군대를 통해 세금만 거두자면 상관이 없었지만 장기간의 통치를 위해서는 모든 책임을 지고 재건을 해야 하는 일을 맡았다.

하벤 제국의 넘치는 자금으로도 중앙 대륙의 경제를 되살리려니 역부족이었다.

가뭄으로 갈라진 논에 물을 한 바가지 뿌린 것처럼 몇천만 골드의 거액이 순식간에 사라져 버리는 것이다.

"임시 증세를 합시다. 주민들을 상대로 경제력을 복원하기 위해 세금을 거둔다면 효과가 있을 겁니다. 제국 전체로 보면 몇억 골드도 얻을 수 있겠죠."

"정신 나갔습니까? 그랬다가는 겨우 진압한 반란군이 불붙듯이 일어날 겁니다!"

"다시 진압하면 됩니다. 반란군에게 빼앗긴 곳은 없지요."

"전투로 파괴되는 생산 시설이나 주민들의 감소는요?"

"몇몇 지역은 아예 포기를 하는 건 어떻습니까. 영영 못 써먹을 곳들은 공백 지역으로 남겨 둡시다. 주민들은 강제 이주시켜서 다른 곳에서 활용을 하면 되겠죠."

"유저들의 비판이 안 그래도 뜨거운 수준인데… 버림받은 땅이 등장한다면 유저들 사이에서는 제국의 통치를 더욱 비난하는 여론이 들끓게 될 겁니다."

하벤 제국 수뇌부의 분위기도 뒤숭숭했다.

반란군과의 전투는 하면 이긴다. 그렇지만 추락하는 내정은 도대체 무슨 수로 붙들어야 하는가.

중앙 대륙 정복 이후에 일찍 개입하여 제국의 기틀을 세웠어야 옳았다고 뒤늦게 후회를 했다.

밤샘 회의를 열어서 하벤 제국의 실상에 대해 파악을 했다.

현재의 세금 수입은 47억 골드. 그러나 이후 몇 달간 세금 수입은 계속 하락하게 될 것이다.

최종적으로 30억 골드 정도가 되면 하벤 지역과 칼라모르 지역, 그 외의 안정화된 지역들로부터 거두어들이는 세금을 통해 그 수준은 유지되리라 예상이 되었다.

여전히 막대한 자금이지만 현재 상태보다 나빠지는 것이기 때문에 기뻐하는 사람은 아무도 없었다.

라페이는 고심 끝에 말했다.

"우리의 군사력은 반란군과의 전투 등으로 지속적으로 강해지고 있습니다. 문제는 이것이 우리가 원하는 바는 아니라는 점입니다. 이대로라면 우리의 의사와는 달리 많은 땅이 주민들이 떠나고 불모지가 되어 버릴 것입니다. 지킬 가치도 없어지겠죠."

몇몇 지역을 아예 포기하자는 의견을 냈던 유저가 발언했다.

"그러면 지금보다 통치하기 편해지는 것이 아닙니까?"

"불모지가 생겨나고 교역이 지금보다 위축된다면 사람들이 모를 수가 없지요. 즉각적인 하벤 제국의 쇠퇴를 뜻할 것입니다. 중앙 대륙을 통일한 대제국이 바로 쇠퇴한다면 최악입니다. 당장은 버티겠지만 그 유지 기간이 오래가지는 못합니다."

"무슨 방법이 남아 있을까요?"

라페이는 지금까지 길을 제시하여 왔다.

북부 개발 등이 실패로 드러나고 있었지만 헤르메스 길드의 수뇌부도 그 당시에는 적극 찬성했던 계획이다.

난관을 극복해 주리라고 여전히 기대감을 갖고 있었지만 이 상황만큼은 그라고 해도 딱히 해답을 찾기가 어려웠다.

'통치가 이런 것인가.'

하나씩 이룰 때와는 달리 무엇도 제대로 되지 않는다.

하벤 제국에 반감을 가진 유저들과 주민들을 간과했다는 점은 실책이었다.

정복하여 쌓는 것과 넓은 땅을 단단히 지키면서 무언가를 이루어 낸다는 점은 다른 것이었으니.

'아니, 비단 우리 헤르메스 길드의 문제만은 아니다. 우리 길드가 아니라 다른 길드에서 전쟁으로 대륙을 정복했다 해도 마찬가지의 결론에 이르게 되었겠지.'

가장 큰 실책은 로열 로드를 얕보았다는 것이리라.

라페이나 헤르메스 길드원들은 다른 몇 개의 게임에서 지배자에 올랐던 경험이 있었다.

세계적인 인기를 누렸던 온라인 게임들, 특히 최근 20년간 최고의 인기를 유지했던 마법의 대륙에서 경험을 쌓았다.

길드 내부의 단단한 결속력과 뚜렷한 목표 설정, 치밀한 준비를 결과로 바꿔 가면서 지배 세력으로 군림하였다.

그 이후부터는 군사력을 통한 강제적 지배였다.

누구도 항거할 수 없도록, 도전하는 세력들을 일찍부터 찍어 누르는 방식으로 군림했다.

유저들의 자유를 빼앗고 착취하며 어떤 불평불만이 있든 무력으로 덤비지 못하게 했다.

마법의 대륙만 하더라도 그들이 있을 무렵에는 그것으로 충분했다.

하지만 로열 로드가 무엇이던가.

게임에는 전혀 문외한이던 사람들이 매일 수십만 명씩 새로 가입하고 있다.

로열 로드는 일상생활에서 벗어나 휴식을 즐기는 휴양지였으며, 새로운 것을 볼 수 있는 관광지였다. 모험을 즐기는 공간이었으며, 또 다른 하나의 삶을 살아가는 가상현실이다.

많은 게임들이 새로운 현실을 주장하며 등장하였지만 로열 로드만큼은 아니었다.

완벽하게 새로운 가상현실.

수억 명의 유저들이 즐기고 있는 이 로열 로드에서 군사적인 독재를 통해 유지할 수 있을 거라고 생각했던 자체가 너무나 큰 오산이었다.

명문 길드들끼리 대립할 당시에는 가능했을지 모르지만, 하나의 국가보다도 더 많은 유저들이 생긴 지금은 불가능한 일이었다.

한마디로 로열 로드는 감당하기 힘들 정도로 거대한 사회가 되었다.

유저들이 게을러지거나 다른 지역으로 떠나려고 하면 그

근간이 허물어진다.

자유가 없는 독재국가의 경제력은 발전하기 어렵다는 현실의 이유가 로열 로드 속에도 그대로 적용이 되고 있었다.

'어디서부터 손을 대고 바꿔야 할지……. 우리 하벤 제국이 당장 무너지는 것은 아니다. 군사력이 지속되고 있으니까. 세금 수입도 어느 정도 유지된다면 여전히 천문학적인 액수다. 그렇지만 제국의 국력이 쇠퇴해 가기만 할 텐데 그것을 되돌릴 방법이란… 정말 어렵구나.'

라페이는 하벤 제국의 쇠퇴기까지도 염두에 두었다.

상업과 유저들의 활기가 살아나야만 했다.

이대로 모든 게 최악까지 이르게 되면 국력이 위축되는 것을 떠나서 제국의 운명과도 관계가 있었다.

중앙 대륙이 대대적으로 쇠퇴를 거듭한다면 일정한 수준에 이르른 순간 참다못한 유저들이 집단으로 봉기하게 될 것이다.

중앙 대륙에서 패권을 다투었던 명문 길드들이 되살아나는 정도가 아니라, 새로운 유저들을 상대로 끝없이 싸워야 한다.

하벤 제국의 군사력도 지루하게 이어지는 전투로 좀먹게 될 테고, 내정은 더욱 나빠지게 된다.

그때가 되면 헤르메스 길드의 영주들도 딴마음을 먹고 자기들끼리 단합을 하게 되리라.

거대한 제국은 그렇게 분열하여 산산조각 나는 전개.

물론 그 기간이야 헤르메스 길드의 대처에 따라 달라질 것이다.

'대륙 통일의 업적은 정말 어려운 것이군.'

라페이는 원인을 알고 있는 만큼 방법도 제시할 수 있었다.

'이 모든 게 아르펜 왕국 때문이다. 아르펜 왕국이 없었다면 하벤 제국이 적어도 지금 쇠퇴하진 않았으리라. 공포를 바탕으로 군림하고 누구도 대들지 못하는 시기에 내정에 힘을 쏟았다면… 그랬다면 하벤 제국은 앞으로 5년, 10년을 갈 수 있는 밑거름을 마련하기에 충분했다.'

아르펜 왕국이 있어서 중앙 대륙 유저들의 반발이 더욱 심하다.

위드는 지금까지 계속 헤르메스 길드에 물을 먹여 왔다.

심지어 최근 입수한 첩보에 의하면, 과거의 명문 길드들을 부추긴 것도 바로 위드였다.

'아르펜 왕국의 세율을 터무니없이 낮춘 걸 보며 지금껏 무시해 왔다. 그건 국가를 운영하는 입장에서 보면 별 이익이 없는 것과 마찬가지였다. 물론 군사력에 투자를 할 필요가 거의 없었다고는 하나… 그 낮은 세율을 바탕으로 우리 하벤 제국을 노리고 있었구나!'

계속 돌이켜 볼수록 이 모든 나쁜 상황들은 전부 위드 때문인 것 같았다.

중앙 대륙을 장악할 완벽한 계획을 가지고 있었는데, 중간에 북부 대륙에 갑자기 왕국이 세워지고 골칫덩이가 나타날 줄이야 누가 알았겠는가.

'아직 끝난 게 아니다. 하벤 제국이 내부에서 약해지고 있다고는 해도 여전히 드러난 적수가 없을 만큼 강력하다. 제국 내부의 혼란을 다잡는 한편으로 아르펜 왕국을 지도에서 지워 버리면 된다. 그것으로 시간을 벌어서 하벤 제국을 키워야 한다.'

라페이는 과거와는 달리 조금은 다급한 마음으로 새로운 계획을 세웠다.

온건하고, 적들을 약화시키는 장기간의 계획을 좋아하는 그였지만 이제는 정말로 다급한 처지에 놓이게 되었다.

"헤르메스 길드를 지휘하는 대표로서 모든 소속 길드원들에게 명령을 내립니다."

라페이는 원래부터 길드의 수장이었다. 지금도 바드레이가 사냥 등으로 회의에 참여하지 않으면 모든 결정권을 가진다.

"하벤 제국에 더 이상의 낭비는 없습니다. 북부의 식민지에 대한 통상적인 지원을 2할로 줄입니다. 현재를 유지할 수 있는 최소한의 지원만을 합니다. 그리고 모든 파티나 사치 행위를 중단하며, 세율은 현재의 절반으로 낮춥니다."

"절반은 불가능합니다!"

"군사력도 유지하기 어렵습니다. 다른 투자도 못 할 것이고요."

바로 반발부터 튀어나왔다.

라페이는 고개를 흔들었다.

"지금 낮추지 않으면 그나마 남은 기회도 없어질 겁니다. 세율이 절반으로 낮아지더라도 세금 수입이 그만큼 떨어지는 건 아닙니다. 즉각적으로 교역이 확대되고 생산량이 늘어서 상당한 금액이 보완되리라 생각합니다. 반란군의 활동 역시 잦아들게 되겠지요."

하벤 제국에는 숨어 있는 여력이 상당하다.

라페이는 상인들의 활동만 촉진되더라도 지금껏 떨어진 많은 세금이 어느 정도 회복될 수 있으리라고 보았다. 반란군까지 덤으로 많이 사라져 준다면 하벤 제국의 군사력을 통해 중앙 대륙의 혼란은 다시 잡을 수 있다.

"그리고 눈에는 눈. 우리 역시 위드와 같은 방식으로 아르펜 왕국을 해결합니다."

"예? 무슨 뜻입니까?"

"위드나 북부의 유저들이 기습 공격으로 나온다면 우리 역시 대군을 모아서 아르펜 왕국을 짓밟는 종전의 계획을 지속할 이유가 없습니다. 3만 명 정도의 살인귀로 구성된 병력을 북부에 침투시키겠습니다. 그들은 북부의 땅을 돌면서 유격전을 펼칠 것입니다. 마을을 불태우고 개간한 땅을 못 쓰게 만들어야겠죠."

3만 명의 정예 병력을 100개 이상의 부대로 나눠서 아르펜 왕국을 휘젓게 만든다.

그들이 언젠가 토벌이야 될 테지만 아르펜 왕국 역시 감당하기 힘든 피해를 입은 후가 되리라.

'과연… 똑같은 방법으로 되갚아 주면 되는군.'

좌중의 유저들은 감탄했다.

라페이의 계획은 끝난 게 아니었다.

"헤르메스 길드의 유저들 중에서도 지원자를 2만 명까지 받겠습니다. 그들은 북부로 파견되어 사냥터나 던전에서 무차별 학살을 하면서 아르펜 왕국에 보복을 가합니다. 물론 위드처럼 최대한 숨어서 학살을 하는 것입니다."

하벤 제국에서 위드와 똑같은 일을 벌인다면 그 위력이 다르다.

위드가 소용돌이를 일으켰다면 하벤 제국은 초대폭풍을 만들 수 있다.

'놀라운 계획이다.'

'성공 가능성은 확실하다.'

헤르메스 길드 수뇌부 유저들의 눈이 날카롭게 빛났다.

제국의 내정을 재건하기란 어려운 일이었지만 이쪽은 자신들이 잘할 수 있는 분야다.

아르펜 왕국이 완전히 패망하고 난다면 하벤 제국의 수명도 더욱 길어질 게 아닌가.

일석이조 이상의 전략이었다.

명분상으로도 위드나 아르펜 왕국이 먼저 시작했기 때문에 그에 대한 보복 공격을 내세울 수 있다.

정도가 훨씬 과하기는 하지만, 그쯤이야 힘의 논리에 의해서 오히려 함부로 움직이지 말라는 경고도 되리라.

'정식 전쟁만 고집하지 않겠다. 그냥 모조리 쓸어버리겠다.'

하벤 제국의 공격대가 북부 대륙으로 출동했다.

다음 날에는 헤르메스 길드의 유저들도 북쪽을 향해 출발했다.

보통의 행군과는 다르게 도시 사이의 텔레포트 게이트나 마법사들을 이용했기에 신속했다.

북부 식민 지역으로는 몇 시간 후에 선발대 2,000여 명이 도착할 수 있었다.

"제1대는 모드레드에서 벤트까지 활약을 한다. 그 영역 내에서는 마음껏 날뛰도록."

"옛!"

속속 본진도 도착했다.

"제2대는 항구도시 바르나까지 가면서 살육을 해라."

"누구든 죽여도 됩니까? 상인이나 비전투 계열의 직업 같은 경우도요?"

"제한은 없다. 레벨이나 남녀노소를 가리지 말고 전부 죽여라."

북부 대륙에서 은밀하게 활동하면서 무차별 살상을 일삼을 자들.

약 5만 명에 달하는 사냥개들을 아르펜 왕국에 풀어놓은 것이다.

"크아악!"

"적이다! 적이 나타났다!"

그중에서 3만의 공격대는 아르펜 왕국의 지방 마을을 습격했다.

막 사람들이 모이고 발전하는 마을에서 얼마 안 되는 자경단을 해치우고 주민들의 목숨을 빼앗았다.

"크헤헤헤, 여기는 약탈할 것도 없다. 전부 불태우자!"

"옛, 대장! 불장난을 시원하게 해 봅시다."

중앙 대륙의 전쟁에서 NPC로 구성된 기사들과 병사들은 미치는 경우가 있었다.

각 교단에 맡겨서 신성 치료를 받으면 원상태로 회복이 되었지만, 하벤 제국에서는 언젠가 쓸모가 있을지도 모른다며 그렇게 하지 않았다.

—이 살인귀들은 언젠가 제국의 숨겨진 힘이 될 것이다.

비밀리에 지하 공간에서 계속 훈련을 시킨 3만의 살인귀들은 아르펜 왕국의 마을들을 파괴했다.

평화로운 강과 호수, 산속의 작은 마을들이 그 대상이 되었다.

아르펜 왕국의 주민을 상대로 무차별 학살을 벌였고, 우연히 마주치는 상인이나 모험가 유저들도 공격의 대상이 되었다.

20명, 30명, 50명, 100명 단위로 나뉜 살인귀들의 부대는 계획된 이동로에 따라 전투와 파괴 공작을 한다.

가끔 고레벨 유저들로 구성된 사냥 파티에 의해 전멸을 하기도 했지만, 단 하루 만에 수십 개의 마을들이 파괴되었다.

아르펜 왕국의 수많은 주민들이 학살되고 시설들이 파괴당했다.

2만 명의 헤르메스 길드 유저들은 그다음 날부터 활동을 했다.

미리 점찍어 놓은 던전이나 사냥터로 가서 활동하는 유저들을 지켜보았다.

"여긴 순 초보들뿐이군. 이빨에 기별도 안 가겠는데……. 그래도 내 임무는 학살이니까 머릿수만 채우면 되겠지."

"우습지도 않구나. 무슨 달걀 껍질까지 주우면서 사냥을 하는 애들이 다 있냐."

아르펜 왕국은 초보자의 비율이 90%가 넘었기에 어쩔 수 없는 현상이었다.

헤르메스 길드 유저들은 북부로 침투한 이후에 위드처럼 긴장감 넘치는 전투와 도주를 염두에 두고 있었지만 막상 뚜껑을 열어 보니 전혀 아니었다.

"모두 죽여라!"

3인 1조 정도로 활약을 하면서 던전 입구를 막고 내부의 유저들을 학살했다.

그 소식이 근처 마을이나 도시로 알려지더라도, 여긴 중앙 대륙과는 달랐다.

중앙 대륙에서 위드가 등장하면 인근의 헤르메스 길드 유저들이나 현상금 사냥꾼들이 개떼처럼 몰려든다.

비록 번번이 위드의 함정에 빠지거나 한발 늦어서 효과는 못 봤지만.

최소 그 지역에서라도 명성을 떨쳤던 숱한 헤르메스 길드 유저들이 위드에 의해서 떼죽음을 당했다.

아르펜 왕국에서는 헤르메스 길드 유저들이 습격을 하면 일 검이라도 받아 내는 경우가 드물었다.

사냥터의 소식이 전해지면서 도시에서도 난리가 났지만 추격대가 쉽게 결성되지는 못하였다.

모라타가 아닌 이상에야 그들을 상대할 수 있는 수준이 되는 레벨 400대 이상의 유저들이 한가롭게 쉬고 있는 경우가 드문 것이다.

조금 큰 도시에서는 북부 유저들이 토벌을 위해 나섰지만 역으로 함정에 빠졌다.

이를 미리 예상하고 헤르메스 길드 유저 수십 명이 길목에서 기다리고 있다가 쉽게 소탕을 해 버렸다.

역시 베르사 대륙의 시간으로 하루가 지나니, 북부 대륙에서 꽤나 레벨이 높은 유저들이 수천 명이 넘게 목숨을 잃었다.

갓 성문 밖으로 나간 초보들까지 포함하면 10만 명이 훨씬 넘는 유저들이 떼죽음을 당했다.

"진작 이렇게 할 걸 그랬군."

"위드라고 해 봐야 고작 1명이잖아. 이렇게 쉬운 길을 놔두고 너무 멀리 돌아왔다."

"이게 베르사 대륙이지. 이런 게 로열 로드의 재미이지 않겠냐."

살인자로 이름이 붉게 드러난 헤르메스 길드 유저들은 은신처에서 웃었다.

아르펜 왕국이라는 적지에 있었지만 즐기고 있었다.

3만 명의 살인귀들이 한창 설쳐 대는 동안 북부 유저들은 상황 파악도 제대로 하지 못할 것이다. 헤르메스 길드의 2만 명이나 되는 유저들이 잠입하여 실컷 살육을 벌일 수 있는 것이다.

"불쌍하게도 이놈들은 우리가 몇 명인지도 모를 거잖아."

"암. 거기다 우리가 며칠 쉬는 사이에 주변에서 또 학살을 벌여서 난리가 나겠지."

"그쪽에 관심이 쏠리게 되면 우리가 나서는 것이고 말이야."

"크크크크, 너무 쉽잖아."

"인생 쉽게 사는 거지 뭐. 헤르메스 길드로 줄을 서길 잘했어."

살인귀 부대들이 모조리 퇴치되면 하벤 제국에서는 병력을 준비하여 재차 보내기로 약속을 했다.

혼자서 활동했던 위드와는 달리 자신들에게는 제국의 든든한 지원이 있었다.

침투한 헤르메스 길드 유저들이 날뛰면 아르펜 왕국은 공포에 빠지게 되리라.

북부의 초보 유저들을 숨도 제대로 쉬지 못할 악몽에 빠뜨리는 계획.

아르펜 왕국을 패망시킬 수 있는 잔인한 전략이 실행에 옮겨졌다.

중앙 대륙의 사람들은 하벤 제국의 고난을 비웃고 있었다.

"꼴좋다. 거들먹거리더니 이런 날이 금방 오네."

"천적은 있는 거지. 싸우기만 하면 이기는 제국이라도 약점이 많으니까."

"우리도 칼을 차고 습격을 하면 이득을 볼 수 있을까? 헤르메스 길드의 한 놈만 잡아도……."

"아서라. 그랬다간 우리한테 척살령 떨어져서 다시는 도시 밖으로 못 나가. 끝까지 보복한다는 이야기 못 들었어?"

위드와 반란군에 의해 골치를 앓으며 드높은 명성이 추락하는 헤르메스 길드를 안줏감으로 삼았다.

중앙 대륙에서 헤르메스 길드를 좋아하는 자들은 그들과 관계된 사람들뿐이었다.

"도시의 활력이 죽었어."

"반란군 때문인가. 뭐, 사람들도 예전처럼 많지 않은 것 같고……."

"광장이나 시장에도 빈자리가 많더라."

"북부로 옮겨 간 사람들이 꽤 되는 거지."

사람들은 침체된 경기에 대해 불평을 하기도 했다.

대도시들은 예전과는 다르게 조용해졌다.

소문난 관광도시 같은 곳들은 여전하다지만 사냥을 위해 파티 동료를 구하기도 전보다는 어려워졌다.

북적이던 던전도 한가했다.

많은 입장 요금을 내고서라도 스스로의 성장을 위해 날밤을 꼬박 새우던 유저들, 지금은 하벤 제국의 통치에 질려서 휴식을 즐겼다.

도시 인근의 언덕에도 큰 나무 아래에는 사람들이 모여서 낮잠을 자곤 했다.

편안한 모습이었지만 과거의 바빴던 생활을 기억하는 유저들에게는 힘 빠지는 일이다.

유일하게 장사가 잘되는 곳이라면 식당과 술집뿐이다.

술집에서는 저마다 최근의 헤르메스 길드의 북부 습격에 대해 이야기했다.

"북부도 이번에는 끝장이겠지?"

"몰라. 확실한 게 있다면, 위드라고 해도 이런 공격에는 대책이 없을 수밖에 없지."

"몸이 수백 개 있는 것도 아니니까."

"과연 그렇군."

중앙 대륙의 유저들은 비슷한 생각들을 했다.

'아무리 생각해 보더라도 도저히 막을 수 있는 방법이 없다.'

하벤 제국군의 살인귀들, 헤르메스 길드의 고레벨 유저들.

여간해서는 포위망도 쉽게 뚫어 버릴 수 있는 자들이다.

초보 유저들이 주축이 되어 있는 아르펜 왕국으로서는 그야말로 속수무책.

도시 근처에서 불과 100여 명만 활약을 하더라도 그 지역은 누구도 활약하지 못할 죽음의 지대가 되어 버릴 것이다.

다른 지역으로 옮겨 가려고 해도 죽을 확률이 절반을 넘는다면 움직이지 못한다.

아르펜 왕국의 주요 길목들이 차단되고 고립되어서 경제력은 반 토막 나게 되리라.

만약 어설프기 짝이 없는 군대가 동원된다면 불과 며칠 만에 전멸할 수도 있으리라.

"뭘 해 볼 수도 없을 거야. 헤르메스 길드와 싸우려고 해도 그렇게 하기가 힘들잖아?"

"사람이 많을수록 이런 혼란 속에는 의견을 통일시키기도 어려워. 자기들끼리 싸우지나 않으면 다행일걸."

"의견을 일치시킨들 뭘 하겠나. 대지의 궁전 전투처럼 분명한 적이 있고 지켜야 할 장소가 있다면 모르지만… 사람들이 많이 모이면 헤르메스 길드 놈들은 나타나지 않을걸. 다른 빈 마을을 침략해도 되고, 따로 행동하는 유저들을 없애도 되니까."

"싸움의 조건이 너무 유리한 거지. 괜히 놈들이 이 중앙 대륙을 통일한 게 아냐."

"수단과 방법을 가리지 않는 놈들이니까."

술자리의 분위기는 무거웠다.

자신들이 북부 유저라고 해도 막막하기 짝이 없을 것 같았다. 북부의 척박한 땅에 뿌리를 내리고 잡초처럼 자라 온 아르펜 왕국이었지만 허무하게 망하고 말 것만 같았다.

중앙 대륙의 사람들은 안타까워하면서도 나서서 구하지는 못했다.

모라타 어딘가의 넓은 지하 공간이었다.

수천 명의 사람이 모여 있음에도 쥐 죽은 듯이 조용했다.

지하 공간의 정중앙에는 흙으로 뒤덮인 넓은 공터가 있고, 맑은 냇물이 흘렀다.

그 주변으로 솟아나 있는 파릇파릇한 풀잎들!

새하얀 옷을 입고 있는 여성 유저가 외쳤다.

"드디어 기다리던 날이 왔습니다!"

그러자 사방에 서 있던 사람들이 일제히 호응했다.

"풀. 풀. 풀. 풀!"

"죽. 죽. 죽. 죽!"

정확히 박자까지 맞춰서 외치는 발음들.

풀죽신교는 이미 북부 대륙 전역을 평정하였으며, 중앙 대륙에도 그 씨앗을 뿌려 놓았다.

이들은 풀죽신교에서도 핵심이라고 할 수 있는 원리주의자들.

오로지 풀죽만을 먹으며, 아무리 배가 고파도 풀죽이 없으면 그냥 굶어 죽었다.

남자들은 술안주로도 풀죽만 마셨으며, 아침에는 풀죽 해장국을 끓였다.

여자들은 더욱 지독한 면이 있어서, 풀잎을 약간의 쌀과 같이 먹었다.

풀죽신교 원리주의자들의 활동은 단지 풀죽을 먹는 것으로 그치지 않는다.

북부의 대형 공사 현장에 빠짐없이 참여해야 하며, 헌금도 납부해야 했다.

어려운 이웃이 있으면 돕고, 헤매고 있는 초보자들에게는 방법을 알려 준다. 도시와 던전을 가리지 않고 사람을 도우며, 주민들을 보살펴 준다.

그 유저의 레벨을 떠나서 북부에서는 최고의 명예로운 호칭이 풀죽신교 원리주의자!

이들의 활동이 있기 때문에 풀죽신교는 변함없이 정의로울 수 있었다.

사람들의 중심에 서 있던 레몬이라는 이름의 여성 유저가 말했다.

"베르사 대륙에 풀죽이 없었을 때를 아십니까. 그 시기에는 혼란과 파괴, 고통만이 가득했습니다. 사람들은 남을 짓밟아야 자신이 산다는 착각 속에서 살았습니다. 그러나 저는 풀죽을 마시면서 깨달았습니다. 이렇게 떫지만 맑고 순수한 죽이 또 있으랴! 사람들과 이 세상을 위해서 살아야겠구나!"

"오오, 풀죽!"

"저는 그때부터 진실로 풀죽신의 은총을 받았습니다. 더 이상 들고 있는 짐이 무겁지 않았습니다. 자비로운 기적은 그것으로 그치지 않았습니다. 비염으로 막혀 있던 코까지도 뻥 뚫렸습니다!"

"오오, 자비로우신 풀죽이여."

"아르펜 왕국은 풀죽신교의 고향이며 천국입니다. 대륙이 어지러우니 우리 풀죽신교는 또다시 일어날 것입니다."

다른 누구보다도 풀죽신교를 좋아하며, 북부의 모든 노가다를 섭렵한 성녀 레몬이 외쳤다.

"이 한 몸 다 바쳐서 따르겠나이다!"

"풀죽의 자유와 명예를 위하여 검을 들겠나이다."

이 엉뚱한 행사는 아르펜 왕국의 10만이 넘는 선술집에서 중계가 되었다.

방송국들에서도 실황중계를 했는데, 황당하게도 시청률이 무려 30%를 넘어섰다.

게시판도 마비 사태가 일어났다.

제목 : 풀죽신교에서 여러분을 부르고 있습니다.

모두 일어나라.

-벌떡!

—독버섯죽에 영광을!!

—크하하하, 오늘을 기다렸다. 닭죽 27기 올림.

—직장인입니다. 휴가 신청 완료.

—인삼죽. 크크크크.

—게살죽이 선배님들을 뵙습니다.

—위에 닭죽 27기님, 저 닭죽 3기입니다. 지금 어디 계신지… 출정 전에 닭죽에 모라타산 브랜디나 한잔 할까요?

—닭죽 선배님, 영광입니다. 푹 삶은 닭죽에 브랜디라니 완벽한데요. 저 마침 모라타이니 제가 모시겠습니다.

—닭죽 5기입니다. 충성! 저도 가도 될까요?

—죽순죽 부대원들은 다른 분들에게 민폐가 될 수 있으니 이 글에 댓글 남기지 마세요.

제목 : 죽순죽입니다. 드디어 모이는 건가요? 그리고 궁금증이…….

안녕하십니까. 로열 로드 1개월 차인 죽순죽입니다.

모라타에서 시작하고 나서 벌써 이런 영광이… 선배님들로부터 성전에 대한 이야기를 듣기만 했는데요.

근데 제가 궁금한 게 있습니다. 우리 죽순죽 회원이 도대체 몇 명입니까?

—천만은 넘겠죠.

-천만이 뭡니까. 2천만은 쓰세요.

-여러분, 요즘 모라타 안 와 보셨어요? 3천만은 될걸요.

-헐… 윗분들은 대도시에서만 하시는 모양이네. 지방으로 내려와 보세요. 여기도 사람이 가득 찼어요.

-조인족입니다. 일주일 내로 부화 예정인 알들만 백만 개 이상이라는 점을 알려 드립니다.

-확실한 건… 웬만한 국가보다 많을걸요.

-저기, 오크나 드워프도 죽순죽에 포함을 하나요? 이쪽만 해도 몇백만은 될 텐데요.

각종 인터넷 게시판에는 사람들이 풀죽신교의 노래를 계속 올렸다.

동영상으로 100명의 유치원생들이 일제히 풀죽신교의 곡들을 부르는 모습이 대단한 인기를 끌었다.

한국만이 아니라 해외 각국의 동영상들을 풀죽신교에서 접수했다.

그리고 최근 뜸해진 중앙 대륙과는 다르게, 베르사 대륙 북부 유저들의 접속률은 무섭게 치고 올라가기 시작했다.

TO BE CONTINUED